# 小说的骨架

## OUTLINING YOUR NOVEL

[美] 凯蒂·维兰德 著
K.M. Weiland
邢玮 译

**好提纲成就好故事**

MAP YOUR WAY TO SUCCESS

后浪出版公司

江西人民出版社
Jiangxi People's Publishing House
全国百佳出版社

谨以此书献给我的母亲，你热心地阅读了我的每一篇文章，观看了我的每一个视频，谢谢你常年的鼓励。

凯蒂·维兰德

《搭建你的小说：创作优秀小说的关键》
（*Structuring Your Novel: Essential Keys for Writing an Outstanding Story*）

## 小说

《法外之徒》（*A Man Called Outlaw*）
《守望黎明》（*Behold the Dawn*）
《梦境者》（*Dreamlander*）

## 短篇小说

《路灯下的过去》（*The Memory Lights*）
《雨中的再一次战斗》（*One More Ride in the Rain*）
《罗德爸爸与他的马鞍》（*The Saddle Daddy Rode*）

## 有声书

《破解困境，寻找创作的灵感》
（*Conquering Writer's Block and Summoning Inspiration*）

# 目 录

致 谢 …………………………………………… 1

序 ……………………………………………… 3

## 第一章 我们应该写提纲吗？………………… 7

### 对提纲的错误认知 12

错误认知1：写提纲有严格的格式要求 12

错误认知2：提纲束缚了我们的创造力 13

错误认知3：提纲夺取了探索的乐趣 14

错误认知4：写提纲占用了太多时间 18

### 写提纲的好处 19

确保小说的平衡和连续性 19

避免走进死胡同 20

预先铺设线索 20

提升节奏感 20

更好的视角选择 21

保持人物的连贯性　21
　　　提供动力与保障　22
　**作家访谈：贝琪·莱文　23**

# 第二章　写提纲之前…………………………29
　选择最适合自己的提纲方法　30
　不同类型的提纲　31
　　思维导图　32
　　图像式提纲　32
　　地图　33
　　完美评述　34
　写提纲的工具　36
　　笔和本　36
　　yWriter 软件　38
　　日历　39
　**作家访谈：拉里·布鲁克斯　42**

# 第三章　雕琢好小说的前提…………………49
　"如果"问句　50
　前提句　54
　　找到可行的想法　54

明确小说的人物、冲突与情节　55
　　提炼出作品的精髓　55
　　引导你找到下一个问题　56
　　一句足以满足他人好奇心的话　56
　　为推销作品做好准备　56
　写提纲前须明确的问题　57
　开展头脑风暴　59
　**作家访谈：伊丽莎白·斯潘·克雷格　63**

**第四章　小说示意图（Ⅰ）：连点成画**…………　69
　场景清单　70
　　概述场景　71
　　列出场景　72
　　标出问题　73
　连点成画　74
　　自由写作　76
　　相信你的直觉　76
　　提问　79
　**作家访谈：萝丝·莫里斯　83**

## 第五章 小说示意图（II）：小说的核心元素 … 89

### 动机、愿望与目标 90

### 冲突 97

#### 人物冲突 101

#### 惊险刺激的情节 103

#### 内在冲突与外在冲突 104

#### 平衡 105

### 主题 106

#### 用人物凸显主题 108

#### 如何发现你的主题 110

#### 如何通过象征强化主题 113

**作家访谈：约翰·罗宾孙 117**

## 第六章 人物速写（I）：探索幕后故事 ………… 121

### 以激发事件为跳板 123

#### 发挥激发事件的最大功效 124

#### 什么是激发事件？ 125

#### 什么不是激发事件？ 125

#### 激发事件应在何处上演？ 125

#### 好的激发事件是怎样的？ 126

如何创作幕后故事　128

　　总体概述　128

　　探索其他重要人物　130

　　探索人物的教育、职业及旅途　131

　　探索人物的大事件　132

　　正确使用幕后故事　133

　　**作家访谈：朱迪·赫德伦德　137**

第七章　人物速写（Ⅱ）：人物采访 …………… 143

　　人物采访　145

　　自由采访　151

　　九型人格　153

　　**作家访谈：阿吉·维拉努瓦　155**

第八章　发现小说背景 ……………………………… 161

　　背景是否为小说的有机组成部分？　163

　　人物如何看待他所生活的背景？　163

　　背景能否牵动读者的情绪？　164

　　你是否过度使用背景了？　164

　　世界建构　166

作家访谈：丽萨·格蕾丝　171

# 第九章　扩展版提纲：创作一部小说……………… 177

你要写什么类型的小说？　181

　你的读者是谁？　182

　你要采用何种视角？　183

　选取适量的视角　184

　选择最恰当的视角　185

　选择最能打动人的视角　185

　玩转叙述声音和时态　186

搭建好小说结构　187

　开头　187

　中间　188

　结尾　189

小说的三大基本元素　190

　幽默感　191

　动作　192

　关系　192

首尾呼应　194

多米诺效应：并不存在可有可无的场景　196

　逆向提纲　198

作家访谈：丹·海斯　203

**第十章　精简版提纲：画好你的路线图**…………**209**
　　进一步整理场景　214
　　将小说拆分为章节和场景　215
　　让读者读下去　215
　　　控制节奏　218
　　　砍去多余的脂肪　219
　　作家访谈：卡洛琳卡·卡芙曼　221

**第十一章　结语：用好你的提纲**……………**227**

**关键词**……………………………………**231**

**出版后记**…………………………………**237**

# 致 谢

本书的问世，离不开许多人的鞭策、鼓励、批评与支持。我在这里由衷地感谢你们（排名不分先后）：

我的妹妹艾米。感谢你做我的头号粉丝和拉拉队队长，感谢你和我分享巧克力。

我的第一批读者：阿德里·阿什福德、丹尼尔·法纳姆、罗娜·波斯顿、布雷顿·拉塞尔、加纳林·沃格特和琳达雅·泽克。你们是地球上最棒的第一批读者。

我的家人：泰德、琳达、德里克及杰瑞德。感谢你们始终如一的支持与鼓励。当然，还有你们独特的见解。

参与作家访谈的十位作家：贝琪·莱文、拉里·布鲁克斯、伊丽莎白·斯潘·克雷格、萝丝·莫里斯、约翰·罗宾孙、朱迪·赫德伦德、阿吉·维拉努瓦、丽萨·格蕾丝、丹·海斯及卡洛琳卡·卡芙曼。你们是我认识的最睿智慷慨的作家，感谢你们的分享。

最后，我想感谢我博客"文字游戏"的忠实读者、我播客的忠实听众以及我视频博客的忠实观众。因为你们,我才有了创作的动力。这本书献给你们!

# 序

  小说艺术是一片拥有无限可能的大海，作家如船舶般随波浪起伏。这旅途何其壮阔！与小说艺术相关的是小说技巧，它为船舶提供了专业的船长。有了它，作家才能破解航海图的秘密，从而在合适的时机收帆、扬帆、调帆，在它的专业指挥下，小说才不会偏离航线。小说技巧的内涵即统筹安排，其中，提纲的作用不可忽视，它相当于航海图。

  通过博客和修改他人作品，我有幸认识并指导了数以千计的作家。提纲是他们经常问及的话题。我是如何写提纲的？我为何要写提纲？花这么多时间与精力，值得吗？对于最后一个问题，我总会毫不犹豫地说值得。我的写作一度依赖于时有时无的创造力，提纲改变了这一局面，它为我提供了可靠的小说技巧。提纲让我得以自如应对小说艺术的波浪，以技巧引导艺术，从而创作出优秀的小说。提纲还有一个无可比拟的优势——经过训练，每个人都可以掌握提纲。

在接下来的篇幅中，我会详细分析我的写作流程，和大家一起体会提纲的优势。一些作家之所以抵触提纲，是因为他们对提纲存在误解，我们有必要破除这些错误认知。我们将一起找到与你性格相符、与你的生活方式和写作偏好相匹配的提纲。之后，我们从前提开始，逐步搭建出你小说的提纲，勾勒出你小说的轮廓。

写提纲，我们除了关注小说布局外，还要关注讲故事的技巧。因此，我们将在书中依次讨论小说技巧的要素：人物、背景、结构、冲突及主题。通过阅读，你将学会如何定义你的小说，如何寻找目标读者以及如何进行针对性的创作。同时，书中还设有作家访谈栏目，十位知名作家通过这一渠道分享他们的见解，供读者借鉴。

本书可能会丰富你对提纲的认识，当然，它也可能彻底改变你的写作流程。我之所以写这本书，是希望它可以帮助你掌握提纲的技巧，为你提供灵思，将你的小说提升到更高的层次。

好好享受写作吧！

凯蒂·维兰德

2011 年 10 月

我准备作战时发现,计划总是无法奏效、可有可无。真正必不可少的是规划。

——艾森豪威尔(Dwight D. Eisenhower)

# 第一章　我们应该写提纲吗？

我们通常可将作家分为两类：一类作家写提纲，另一类不写。事实上，与其将他们分为两大类别，倒不如将他们分为两大阵营，因为双方经常会因观点之争而剑拔弩张。你或许遇到过或参与过类似的对话：

**奥利**：没有提纲，我会不知所措的。路线图可以提供明确的方向感，让创作旅途变得更加轻松。没有大致的情节构思，一个人怎么可能写得出像样的故事呢？想想吧，因为没有提纲，你多少次走进了死胡同，多少次陷入了毫无意义的插曲之中，多少时间就这样荒废了！

**珀莉**：你怎么会有这么多的耐性和时间，用几周甚至几个月去写故事提纲呢？如果让我在创作前等那么久，我肯定会发疯的。再说了，如果创作前就知道故事走向，写作还有什么新鲜感和刺激感可言呢？

不消说，双方都有道理，但究竟谁对谁错？坐稳了，这个答案可能会让你大吃一惊。

事实上，他们都对。

和其他艺术形式一样，写作也少有绝对的衡量标准。否则，不用多久，写作就会沦为僵化的套路以及一个个不起眼的小盒子，里面所盛的不过是先前的思路与方法。这点在写作过程中体现得尤为明显，就如同玩纸牌一样，每位作家的洗牌方式都会有细微的差别。我们的故事各有特点（至少我们希望如此），我们的性格以及生活方式亦然，因此我们的工作模式自然会有所差异。为了提升写作能力，我们如饥似渴地阅读名家的写作指南，研究手头的作家访谈，其中有一点为众人所忽略的是，一个方法、一个策略可能适用于某一位作家，但他的成功并不意味着这一方法具有普适性。

多数情况下，人类喜欢依赖规则的可靠性。我们都喜欢这样的安全感：如果我们一天写一页，一周写五天，一年之内，我们就可以完成一本书；两年之内，我们就可以出版一本书。然而，这并不是生活。一天一页，听上去是个完美的计划，它可以让你在一年之内完成一本书,但同时这种死板的规划也可能限制你的创作潜能。多一些灵活度,少一些压力,你可能会写得更好。

每位作家都必须找出最适合自己的写作方法。玛格丽特·阿特伍德(Margaret Atwood)和斯蒂芬·金(Stephen King)都是杰出的作家,他们各有各的写作方法,但我们依样画葫芦、盲目模仿是行不通的。我们唯有广泛阅读,学习其他作家的写作方式并不断尝试,才能找到属于自己的写作方法。

我的写作方法一直在变。五年前的方法很可能不再适用于今天;今天的方法,五年后也很可能被淘汰掉。每写完一本小说,我对自己的了解就会多一点,会清楚什么方法更适合我。我坚持打磨自己的写作习惯、倾听自己的直觉,当我感到吃力的时候,我会反思自己的写作习惯以找出症结所在。

对一位作家而言,什么方法最适合他,他自己再清楚不过了。不论一位作家多么成功,你都没有必要去刻意模仿他。唯一值得做的就是找到自己的写作方式,坚持下去。写提纲与不写提纲亦是如此。无论你是奥利还是珀莉,个性是左右答案的重要因素。事实很简单,提纲就是不适用于某些人。有的人认为提纲限制了他们的创造力,认为有了提纲,小说就不再是写作时逐渐成型的了;有的则认为提纲会榨干他们的创作热情，写完提纲后，他们再也没有兴趣去完成这本书。一个人尝试提纲后，可能会发现这条路并不适合自己；另一个人则可能恰好相反，提纲拯救了他的写作，将他的写作变得高效而有序。

我属于后者。我向来有写便条的习惯，记录小说的思路或标明情节的走向，但直到创作第六部小说《守望黎明》（*Behold the Dawn*）时，我才第一次正儿八经写提纲。我花了整整三个月去构思、去设计场景。

结果如何？

《守望黎明》一举成为我当时最优秀的小说。那次写作之旅前所未有地顺利，前所未有地令人兴奋。创作时，小说如流水般自然涌出，这是我先前从未体验过的。我能取得这样的成绩，提纲功不可没。

这之后，大家可能会想，维兰德终于认识到了提纲的重要性。

遗憾的是，我并没有认识到提纲的重要性。事实上，我又走了不少弯路。在没有提纲的情况下，我匆忙投入到了下一部作品《梦境者》（*Dreamlander*）的创作。之前，我花了整整一年的时间为另一个项目查阅资料，但一切努力都白费了。精疲力竭的我除了写作外，根本没心思去做任何事情，更别提写提纲了。就这样，在没有地图的情况下，我驱车驶向了写作的荒原。我在荒原上渐行渐远，路况也越来越差。我逐渐意识到，再这么下去，我迟早得迷失方向不可，就如同让一位摩托车司机莫名其妙地出席悍马论坛一样。

苦苦支撑五十页后，我终于意识到，如此下去，小说只会停滞不前。我非常喜欢书中的人物，小说的设想也颇具前景，但这五十页布局凌乱、情节散乱、内容臃肿，根本就是一团糟。我闷闷不乐，噘着嘴抱怨作家所承受的苦难，最后，我只得妥协，老老实实写提纲。

两个半月后，我的提纲启发了我，我得以重新组织之前混乱的五十页并找到了通往小说终点的道路。尽管人不应把话说死，但自此以后，没有提纲，我是绝不会动笔的。花点时间写提纲，总比给十万多字动手术好得多。

我写提纲，主要是因为我懒，我痛恨改写。写完小说后，我既骄傲，又如释重负，但如果情节漏洞百出的话，这感觉就不复存在了，这可不是我想要的。我更愿意在一开始就知道小说的走向，倘若我写第二稿时才逐渐发现情节的走向，那就麻烦了。有了提纲，我就有了路线图，我可以一眼看到小说的关键节点，这样我就可以从宏观上把握小说，设计每个场景的功能。

提纲还可以破解文思枯竭的困境。我只需看一眼我的路线图，就可以找到写作思路。有了提纲，我就不用经常盯着光标发呆了。

提纲有多种形式，有的不过是便利签上的几行字；有的则可以洋洋洒洒，填满好几个笔记本。提纲可长可短，没有严格的规定。我写提纲至少需要一两个记事本，你可能只需要列个简单的场景清单，但你也可能需要五本记事本，这都是因人而异的。长度并不重要，重要的是你认识到提纲的重要性并找到适合自己的形式。

## 对提纲的错误认知

很多作家认为提纲不适合他们，其原因是他们对提纲的认识浮于表面。做决定前，请先看看几项关于提纲的常见错误认知。

### 错误认知 1：写提纲有严格的格式要求

很多人抵触提纲，是因为高中时代的提纲依旧如梦魇般困扰着他们。我们都十分了解高中时代的提纲：罗马数字、首行缩进以及苛刻的语法要求。这样的提纲，看一眼就足以抹杀我们的创造力：

I. 银河帝国试图击溃反抗联盟。

1. 大宇宙飞船紧跟着小宇宙飞船。

   a. 大宇宙飞船追上了小宇宙飞船。

   ⅰ）坏家伙登上了小宇宙飞船；他呼吸急促。

故事本身很有意思吧？但面对这样的提纲，故事再有趣也无济于事，你多半会沮丧地放下笔，因为你无法从中获得灵感。我们在学校学到的死板提纲足以帮我们列出小说的大致框架，但这过程并不有趣。等写到"Ⅱ. 农场的小男孩启程去拯救美丽的公主"时，你可能早已哈欠连连，拿出手机刷推特了。

幸运的是，并非所有的提纲都是倒置的楼梯。下一章，我们会具体讨论不同提纲的写法，现在你只需记住，写提纲时，你并不需要扣上衬衫的第一粒扣子。正襟危坐只会帮倒忙。提纲为我们提供的是机遇，我们应用它来摆脱顾虑、挣脱束缚和寻找灵思。

## 错误认知 2：提纲束缚了我们的创造力

有的作家认为一旦写提纲，自己就被固定的方案框死了，没有特殊情况决不能偏离方案。他们的顾虑是：提纲一旦写成，小说就被锁进了不可更改的框架里；写初稿时，就算有更好的想法也决不能调整。

小时候，我热衷于"连点成画"的游戏。艺术家会用圆点替代原稿上的线条，每个点都对应一个数字。如果按顺序连接它们，我就能神奇地得到一只猫、一只海豚或一个谷仓。这过程很有趣，但它并没有什么创造力可言。我一旦忽视了这些数字的顺序，就什么也得不到。换句话讲，如果不按事先定好的规则行动，我铁定会迷失方向。

幸运的是，小说提纲并非如此。正如《加勒比海盗：黑珍珠号的诅咒》(Pirates of the Caribbean: Te Curse of the Black Pearl) 中的海盗准则一样，提纲更多的是一种指南。好的提纲应激发我们的创造力而非成为我们的绊脚石；作家是提纲的缔造者而非奴隶。如果你在写第十七章时有了更好的想法，千万不要错过你的缪斯，你应抓住机遇，让她展开双翼，带你飞向未知的动人海岸。就算这些海岸原本不存在于提纲之中，又有什么关系呢？

提纲应激发无边的想象力、大胆的实验精神以及闪耀的灵思。倘若你没有类似的感受，那你很可能尚未抓住提纲的精髓。

### 错误认知3：提纲夺取了探索的乐趣

如果写了提纲的话，写初稿时探索的乐趣就荡然无存了——一些作家出于这样的认知反对提纲。不可否认，提纲为作家提供便利的同时，也需要作家为此付出一定代价。写初稿时那种百分之百的新奇感，写提纲后很难保留。但我们也没必要危言耸听。你探索的乐趣并不会被夺去。你所做的，不过是把探索的工作提前到了提纲阶段。乐趣依然存在，只不过是调整了一下位置。惊险小说作家雷蒙德·本森（Raymond Benson）曾获爱伦坡奖提名，他解释道："写提纲时我就把情节中的硬骨头啃完了，说我写提纲时是在创作小说也不为过。"[1]

详细的提纲堪比初稿。区别在于，写提纲可能只需要花费后者四分之一的时间。提纲同初稿一样，是一片实验田，是一张白板。我们在白板上擦擦写写，推敲我们的思路，思考如何在纸张上呈现小说。

提纲从未窃取创造的乐趣，相反，它为作家挖掘小说创造了更多机会。作家可以在写提纲时体验创造的乐趣，找到小说的灵魂，排除不可行的方案并填补情节的漏洞。他本质上是在搭建小说的骨架。写初稿时，他不是在机械重复提纲的工作，而是在深层次挖掘小说的内涵，为小说赋予血肉；新增的内容将成为小说的皮

---

[1] 雷蒙德·本森（Raymond Benson）:《惊险小说的创作秘籍》(*The 007 Way to Write a Thriller*)，载《作家》，2010（11）。

肤、头发、肌肉、软组织以及内在的器官。用提纲去推敲情节的细节，可以为作家提供更多的自由去细致地思考小说的人物、环境及主题。杰夫·梵德米尔（Jeff VanderMeer）是位多产的奇幻小说作家，他说：

> "写一个章节前，我就知道其大致情节。从情节上讲，探索的意味会淡一些，但正是因为如此，我才有更多的精力去思考事情发生的原因及形式，可以更多地关注场景及场景间的动态关系。有了提纲，我得以从宏观上把握小说，这让我感到平静。此外，写初稿时，依然有许多细节和场景需要推敲和补充，这过程依旧有趣，令人期待。"[1]

研究表明，大多数人的左右脑并不均衡，人们总是偏向于使用左脑或右脑。左脑以分析和逻辑思维见长，可以帮助我们按时间顺序安排情节，并对人物及其动机做出理性推测；右脑天马行空，是灵感的源泉。左脑运转基于事实，右脑运转基于图形与感受。左右脑并无高下之别。但是，身为作家，我们有必要了解自己的使用偏好，从而更好地开发利用另一侧大脑，不至于让它荒废。

---

[1] 杰夫·梵德米尔（Jeff VanderMeer）：《书的一生》（*Booklife*），202 页，三藩市：Tachyon 出版社，2009。

提纲可以妥善分配小说职责，从而帮助我们在创作时兼顾左右脑。加上提纲，小说的创作过程可分为四步：构思、写提纲、创作、修改。

● **构思**主要是一项右脑活动。我们无法具体解释灵感的最初来源。它常常源自潜意识、影像或感受。这最初的灵感会驱使我们去了解它。我自己的构思时间可能会长达数年。我让小说在我的脑海中酝酿，并不断寻找新的灵感。等想法足够成熟时，我会把它托付给左脑。

● **写提纲**时，左脑首次登场。这段时间，我依次列出我的感性想法，并用左脑去分析它们以确保它们讲得通。我寻找情节上的漏洞，查漏补缺。写提纲也需要右脑的协助，但它主要是左脑的逻辑工作。我会向自己提问：人物的动机是否经得起推敲？事件与其结果的逻辑关系是否讲得通？小说框架是否完整？写提纲时，我完成多数单调的左脑工作，这样，之后我就可以放飞自己的创造力，在创作时自由驰骋了。

● **创作**小说时，右脑会高速运转。当下流行观点认为，提纲相当于预先定好的小说方案，有了提纲，之后的创意就会被拒之门外。事实恰好相反，有了提纲，我才能把握小说的大体走向，用左脑去检验它的合理性。唯有如此，创作时，我才能安心地用右脑去探索小说细节。

● **修改**意味着左脑理性思维的又一次回归。创作时，右脑天马行空，自由书写缤纷创意；修改时，左脑则要做好善后工作，修剪多余的枝叶，理清小说的思路，以使小说层次清晰、因果关系明了。

### 错误认知 4：写提纲占用了太多时间

珀莉反对提纲，原因之一就是写提纲会占用大量的时间，从几周到几个月不等。这是事实。我自己写提纲，从开始到结束，常常要花三个月的时间。可是，从另一个角度讲，想要将冗长的初稿修改成一部情节连贯、销路良好的小说，只会花更多的时间。因此，写提纲总比写完初稿后返工好。

我在前面谈了《梦境者》的创作经历。我当时是直接动笔写初稿的。我写了八个月，但只写了五十页，相当于一个月写六页出头，一周写一页半，一天写三分之一页不到。

这个过程既可悲又痛苦。

后来，我通过提纲优化了思路，为了让先前的五十页与之后的思路保持一致，我又花了三个月来修改它们。这可恨的五十页耗费了我近一年的时间。如果我一开始就写提纲的话，或许几个月就足够了。

写好提纲，耐心必不可少。为了理清思路，我们有必要适当推迟创作。这准备会帮我们省去许多麻烦。一名登山者绝不会毫无准备地去攀登珠穆朗玛峰，他攀登前会做好充足准备：设计路线、招募团队、准备并确保装备无误、强化体能等。匆忙动笔写一部十万字小说的作家，就如同冒失的登山者一样，最后只会让自己陷入更大的麻烦。准备需要时间和精力，但磨刀不误砍柴工，一切都是值得的。

## 写提纲的好处

我们花时间写提纲有什么回报呢？提纲至少有以下好处。

### 确保小说的平衡和连续性

提纲可以帮我们从宏观上把握小说，我们只需看一眼，就可以判断出激发事件是否出现过晚、中部情节是否拖沓、高潮部分是否能引起读者共鸣。既然我们可以在提纲阶段轻易解决这些问题，又何必等到初稿后再大费周章呢？

**避免走进死胡同**

你肯定有过这样的经历：你兴致勃勃写了一个场景，但写了五千字后，发现自己走进了死胡同。你可能要用宝贵的时间原路返回以找出绕过死胡同的小道；有时候，你甚至要砍掉整个场景，从头来过。有了提纲就不同了，你可以在短时间内对新插曲或情节做预判。你大可以绕过死胡同，从而避免在创作时遇到尴尬、恼人的情节漏洞。

**预先铺设线索**

在不清楚小说走向的情况下，作家很难预先铺设线索。不写提纲的人，在情节中安插突转时，只能硬着头皮翻阅之前的章节来铺设线索。这苦差完全没有必要，况且，要想将新线索自然融入之前的场景绝非易事。有了提纲，我们就可以知晓小说的走向，自然地铺设线索。

**提升节奏感**

同铺设线索类似，对小说的宏观把握常常是提升小说节奏感的前提。如果作家自己都不知道主人公的背部将遭到射击，他又如何调整节奏、引入惊险事件呢？相反，有了提纲，小说哪里进展过快、哪里拖沓无趣就一目了然了。

**更好的视角选择**

作品中含有多个视角时，采取何种视角描写场景是个令人头痛的问题。我们以某个人物的视角展开场景，之后却意识到另一个人物的视角可能会提供更好的阅读体验，最后，我们只得改写整个场景。提纲可以让我们对情节和人物有更好的把控，从而做出更合理的选择。视角分配与视角选择同样重要，提纲可以帮助我们平衡各个视角的比重，从而确保每个人物都能得到相应的上麦机会。

**保持人物的连贯性**

不写提纲，我们对人物的认知常常同读者别无二致。随着小说情节的深入，我们对人物的认识与理解也逐渐加深，结果常导致人物前后断节。写提纲可以帮助我们在展开叙述前洞悉人物特点。如果你在提纲中加入第七章的人物速写，效果会更好。

## 提供动力与保障

创作小说本身,足以令人望而生畏;写出成千上万的字已然不易,将它们衔接起来,让它们放在一起讲得通、有趣味、能引起共鸣,更是难上加难。毫不夸张地讲,创作的难度足以让我们双腿战栗。提纲可以帮助我们摆脱这一状态,它能确保我们创作出完整的小说。理由非常简单,小说的框架早已跃然纸上,提纲已经提供了完整的小说结构,我们接下来的工作不过是填补空白。同时,提纲中的空白又极具吸引力,它为我们提供源源不断的创作动力,鼓舞我们攻克难点,直至创作出优秀的作品。

## 第一章节清单

√拒绝关于提纲的一切错误认知。
√享受提纲的妙处。
√解放思维,优化写作过程。
√享受写作!

## 作家访谈：贝琪·莱文
## （Becky Levine）

**简介**：莱文著有《写作小组生存指南》(*The Writing & Critique Group Survival Guide*)，她还为其他作家提供咨询服务。详情请登录 beckylevine.com。

**你是如何写提纲的？**

我会在 Scrivener 软件中为每个场景建立相应的文档或便签。每个场景都有不少问题亟需解决：主人公的目标、路途上的障碍（包括其来源）、她应对障碍的对策、她是否克服了障碍（结果经常是否定的）、如果她失败了后果是什么等。我会努力想出问题的答案，同时，我也会标明场景的发生地、涉及的人物以及他们的目标和障碍。这一部分，我一般不会抠得过细。写提纲时，我会随时记录灵感。一般情况下，我要先对每个场景有个大致的了解，才会动笔写初稿。

**你认为写提纲的最大好处是什么？**

知道我要写什么，了解主人公在意什么。我尝试过不写提纲，我甚至打乱过场景的写作顺序。结果呢？我飘忽不定、眼睁睁地看着人物漫无目的地游荡在各个角落，所说的也尽是些漫无边际的话。写提纲时，我可以逐渐察觉到场景的联系。如果我知道下一步要发生什么，我就可以让主人公自然地靠拢过去，当然，有时是让她自掘坟墓；我可以制造她与其他人物的矛盾；我还可以在章节末尾留下悬念（这太有趣了）。提纲让我了解小说的框架，等到创作时，我就可以丰富小说层次，让情节变得更有趣。

**你认为写提纲的最大隐患是什么？**

把提纲看作救命稻草，过于依赖提纲。提纲不可能永远写下去，到了合适时机，我们须告别提纲，开始创作。提纲无法告知我们一切，动笔后我们总会发现新的盲点，我们要勇于接受这一事实。开始创作后，我们可能会偏离航线、遭遇变数，提纲中的某些情节可能永远无法上演，这时，我们需要停下来调整提纲。有时，我们必须硬着头皮完成场景，才能理解它；在有的情况下，我们甚至要先完成初稿，才能理解它。

**你有推荐过不写提纲吗？**

我写第一本书的时候就没有写提纲。那本书我直到现在都没完成。我手头上正在写一本新书，初稿的最后一部分是在没有提纲的情况下完成的。写的时候，我一刻都没放松过，这过程可不好受，好在结果还不错。我可以说是强迫着自己走到终点的。因为没有提纲，写作时，我根本看不到任何联系，等写完了才有拨云见日的感觉。不到万不得已，我是不会扔掉提纲的。有的作家说没有提纲他们会更自由、更放松，我就不行。他们所喜欢的放松对我而言简直就是折磨。不过，如果写提纲无果的话，你不妨放开手脚，大胆创作，看看能写出什么，这总比天天坐在电脑前盯着空文档好得多。

**你认为写好提纲的关键是什么？**

督促自己，坚持下去。我喜欢写提纲，它是我创作小说的一大步骤，但写起来并不轻松。我常常盯着某个场景的便签，一看就是好几天，却依旧一无所获。我的手指就停在键盘上面，但屏幕上一个字也没有。当我着手设计小说的中间环节时，卡壳就更是家常便饭了。遇到类似的情形，我真想跳过它，或新建一个文档直接开始创作。然而，依据我的经验，任性只会让事情变得更糟。我会变得既沮丧又生气，写出的东西也糟糕透顶。怎么办呢？我会翻开记事本，自由书写。有时，我会离开电脑桌，望望窗外的景色，思考一番。实在走投无路的话，我就打扫房间。当我找到灵感时，哪怕只有一丁点，我都会立马回到电脑前，继续写提纲。

提纲帮助我们构思小说的同时,也在帮助我们组织小说。①

——萨拉·多梅特(Sarah Domet)

---

① 萨拉·多梅特(Sarah Domet):《90天学会写小说》(*90 Days to Your Novel*),15页,辛辛那提:作家文摘,2010。

## 第二章　写提纲之前

　　正式搭建提纲前，我们先快速浏览几个要素。在接下来的章节里，我会详细讲述我的提纲写作方法。我推荐大家循序渐进，逐步掌握我的方法。在这一方法的帮助下，我成功创作了五本小说，也从中体验到了不小的成就感。但这并不是说，你必须一字不差地按我说的做。如果你觉得哪个部分不适合你，不用犹豫，跳过它或调整它就可以了。读完这本书，你可能发现，你只需要其中一半的步骤；当然，你也可能需要为自己添加额外的步骤。

　　经过长时间的写作实践，我找到了最适合自己的提纲工具。(在这章后面会提到。) 举个例子，我更喜欢在记事本上写提纲。每个人都有自己的偏好，你可能更喜欢 Word 文档，但对另一个人而言，便签或电子表格可能是更好的选择。

衡量一个提纲方法是否正确，标准只有一个，那就是它能否为你提供最大的创作自由。这本书里，我主要谈我的方法，它赋予了我极大的创作自由。我希望你可以从中获益，如果本书能启发你、帮助你找到自己的方法，那就再好不过了。

## 选择最适合自己的提纲方法

怎样才能找到最适合自己的提纲方法？你必须不断尝试。仅听过某个方法却不亲身体验，你永远都不会知道答案。不过，你可以基于你的性格、经历、直觉做出合理猜测。比如：

● 出于某种原因，你时间有限，此时，简短些的提纲会更适合你。但如果没有截止日期的话，最好不要匆匆动笔。

● 如果你担心过多的提纲会影响你的创造力，你可以尝试至简的方法。简单勾勒场景后，将它放到文件夹中。写初稿时，如果思维中断，你可以迅速从中找到线索。

- 如果你是视觉型学习者，你可以选择在提纲中融入更多的视觉元素。与在电脑上写提纲相比，更对你胃口的，可能是将彩色卡片钉到布告栏上。你也可以尝试我后面介绍的方法。
- 如果你做好了迎接一切挑战的准备，想探索提纲的方方面面，想体验提纲的各个妙处，答案非常简单，通读本书即可。

不要忘了，你的写作流程是不断变化的，尽管有的时候我们很难察觉到它。针对不同的小说，我们需采取不同的策略，根据具体情况，区别可大可小。因此，不要自我设限让僵化的套路束缚了自己，一定要勇于实践。从本质上讲，寻找适合自己的提纲方法，与其说是选择，不如说是创造。阅读此书时，不要放过任何灵感，大胆尝试，将它同你之前的方法结合起来。同时，你要学会借鉴其他作家的技巧。如果你能锲而不舍地优化自己的提纲，提升自己的工作效率，你的写作能力将不断精进，其意义远远超过技巧本身。

## 不同类型的提纲

提纲有多种形式，长度可长可短。作家通常按线性顺序描述场景，然而有的时候我们需要偏离标准的线性形式。面对错综复杂的思绪（小说常常是个错综复杂的难题），线性提纲最为有效，它可以帮助我们迅速理出头绪。不过，线性提纲以外的形式，偶尔也值得一试，它们往往可以为我们提供崭新的视角。我们将在后面的章节里讨论更为标准化的提纲书写流程，在此之前，请先记住以下几种颇具特色的提纲形式。

**思维导图**

线性提纲是线性思维，如果你想从空间切入看待问题，思维导图是你的不二选择。首先，你需要在纸张的正中央写下小说的主题或核心事件，接着在其周围写上相关话题，之后再在话题周围添加相关小话题即可。这个过程可以一直进行下去，它会帮助你探索小说的一切可能。画思维导图时，不要质疑自己，尽情写下脑海中的一切，不经意间，你或许会写出绝妙的点子。思维导图可以打开我们的视觉思维和潜意识，当你思维阻塞时，它可以有效地帮助你摆脱困境。

**图像式提纲**

如果你是视觉型学习者，你可以尝试创建小说图片文件夹。你可以用文件夹制作"演员表",检索可能的故事场景并收集相关的道具。一旦将图片同特定的场景联系起来,模糊的场景就会清晰许多,你也可以看到更多的细节。图片还可以帮助你察觉情节的漏洞,找出小说的矛盾。我创作《梦境者》时首次尝试图片文件夹,它很快成为了我最有用的技巧之一,而且它还是最有趣的。当我停留在某个场景无计可施时,我常常会上网搜索相关图片。当我找到想要的图片时,小说中缺失的拼图往往会跟着出现。

## 地图

众所周知,奇幻小说作家对绘制地图情有独钟。地图对他们而言,具有很强的实用性,可以帮助他们在小说世界中保持方向感。事实上,以现实为背景的小说也可能需要地图。业余的制图能力很可能是建构小说世界的必要条件。背景是小说结构不可缺少的一部分,而地图可以为背景增添更多的细节,让背景变得更具体。畅销科幻小说作家奥森·斯科特·卡德(Orson Scott Card)曾获雨果奖和星云奖在内的多个奖项。他构思奇幻小说《哈特的希望》(*Hart's Hope*)时,手头上的地图为他提供了灵感,帮他改进了小说。他碰巧画了这么一幅草图：图上有一座围城，虽然有门，却没有进入门的通道。他没有修改草图，相反，他觉得这很有趣。他问自己："为什么会有人建这样的门呢？"他解释道："你要设法找出一个理由，让它变得合理，这样它就不再是一个错误，而是一个具有新意、趣味十足的想法了。"①

幸运的是，作家并不需要艺术天赋来绘制小说地图：直线可以用来指代边界，波浪线可以用来描绘海洋，尖尖的三角形可以用来代表高山。有时，我需要同读者分享我的地图，那些涂鸦只有我自己看得懂也没关系，我只需用 Photoshop 优化一下草图，他们就看得懂了。

**完美评述**

身为作家，想完全客观评判自己的小说，几乎不可能——我们投入的情感过于充沛，与人物建立的羁绊过于深厚，心情太容易为情节所左右，我们的神经对文中的对白也过于敏感。其结果就是我们很难着眼于整体。我们着手创作新小说时，想法常常是模糊的，小说最后

---

① 奥森·斯科特·卡德（Orson Scott Card）：《如何创作科幻小说与奇幻小说》(How to Write Science Fiction and Fantasy)，29 页，辛辛那提：作家文摘，1990。

的轮廓也如同雾里看花一样。当我们将想法付诸纸上，所写出的小说和当初的设想肯定会存在差距。难怪我们会经常慨叹：怎么就写成这样了？问题究竟出在哪里？我有一个妙招，可以帮助你缩小理想与现实的差距：你只需在动笔前写一份"完美"的小说评述，就可以缩小构想与成书的距离。

想象一下，如果你能找到一位专业的评论家，他可以完全读懂你脑海中的书，从人物到情节、从对话到主题他都了然于心，他会如何评价这本书呢？闭上眼睛，在情感上从自己的作品中抽离，然后把自己想象成这位评论家。

为了将评述写得尽可能深刻，请记住以下建议。

● **具体**：评论家不能光说自己喜欢这本小说，他必须给出具体理由。小说精彩在什么地方？为何精彩？

● **全面**：评述应涉及小说的方方面面，情节（包括轨迹、节奏及原创性）、人物（包括性格、轨迹及发展）、对话、主题、高潮，都应有所评论。

● **满足**：尽情称赞你的小说，不要吝惜任何溢美之词。这位评伦家完全理解你的小说，他和你一样喜欢这部作品。既然是从他的视角写，为何不写得开心点呢？

写完评述后，你将得到清晰的目标，接下来塑造小说就有方向可去了。

## 写提纲的工具

写提纲对创造力有很高的要求，因此，我所用的工具也不同于初稿。

### 笔和本

刚开始写提纲，远离电脑可以赋予我更多的创作自由。一开始就用电脑的话，我很难抵挡编辑或调整语句的冲动，而此时我的想法还未成形呢。笔和纸虽然原始了些，但它们可以激发我的灵思，让我得到缪斯女神的眷顾。我的初稿是在电脑上完成的，写提纲时我选择手写。只有用笔尖在记事本上滑动，我的想象力才能展翅飞翔。手写对我有如下好处：

●手写可以打消我检查或编辑的想法。使用电脑时，我会不自觉地看之前的段落，不自觉地轻击鼠标、删改词句。手写就无此顾虑，我可以将最原始的想法付诸纸上，我不会急着判断、编辑或审阅它，我只是把它写出来。

●手写可以让写作回归到最本真的状态。纸笔隔绝了复杂的软件工具，让写作变得纯粹，让直觉变得敏锐。

● 手写可以帮我更好地控制节奏。当我无法逾越小说的某个难题或思路枯竭时，换个地方、换个思路再尝试一番，我或许就能找到新灵感。

● 手写可以为我提供偷懒的机会，让想象力变得更加无拘无束。看着我潦草的字迹，我对完美的执着也跟着烟消云散。因为不再纠结于用词，我可以快速写下思路，这一点在创作初期尤为重要。

● 手写可以帮助我摆脱干扰。使用纸笔自然可以免去电脑之类的干扰，而且纸张上不会有网络信号。

● 手写可以提供一次仔细校对的机会。手写意味着之后我要把纸张上的内容誊到电脑上。誊写时，我之前的创作激情早已平静下来，我可以借此机会客观审视自己的文字。

● 手写可以即时为我提供一份可靠的备份材料。电脑文件保不齐会丢失或损坏，手写稿则无此顾虑。只要你的房子不失火，稿件就万无一失。即使弄丢了电脑上的提纲文档，你也可以翻出手写的备份材料，继续创作。

不要误会，我可不厌恶科技。事实上，我喜欢科技。

我喜欢打字，我喜欢盯着电脑，看着整洁的 Times New Roman 字母一个个出现在荧幕上。就算是光标，我也对它闪烁不停的嘲讽颇有好感。不过，我依旧离不开手写，这项技艺太重要了，没有它我的提纲很难成形。

我个人更喜欢用记事本。纸张上紧密的线条可以让我在一页上写下更多的内容，有了线条的限制，我的字也不至于飞起来。我写提纲时习惯用钢笔而非铅笔，这可以遏制我检查或删改的冲动。在封面上，我会用尖头马克笔标明年份和书名。另外，由于我提纲的篇幅总是超过一本，我还会在封面上加上序号。

**yWriter 软件**

几年前，我习惯用 word 誊写提纲笔记，编辑我的精简版提纲。后来，我幸运地发现了 yWriter。西蒙·海恩斯（Simon Haynes）和我一样是一名作家，他在写作中遇到了同我一样的需求，同时，他还是一名程序员。他用他出色的编程能力设计了 yWriter，一款对作家而言堪称完美的提纲软件。通过 yWriter，场景、章节、人物、环境等要素一目了然。软件可以帮助你编辑许多细节，如场景发生的日期及持续时间、人物位置、场景地点、重要道具出现地等。当然，它还有其他妙用，你可以在里面添加对你有启发的图片,也可以创建实用的故事版,以人物视角布置场景。

yWriter是一款文字处理软件,但对我而言,它最大的优势在于它可以帮助我整理成堆的手稿。通过它,我可以将纸张上潦草的字迹整理为简洁可读的提纲。还有一点,yWriter完全免费,你可以登录spacejock.com下载。yWriter上手简单,大多数功能一用就会,如果有不懂的地方,你可以登录helpingwritersbecomeauthors.com/resources/ywriter,上面有详细的教学视频。

## 日历

我会收集旧日历,并用它们来标明小说的时间轴。人们写提纲时,常常会忽略时间轴。这听起来有些不可思议,但事实就是如此。我曾常年忽视时间轴的存在,直到读了悬疑小说作家西蒙·伍德(Simon Wood)的文字,我的观念才有所转变。他说:

"写作时,最痛苦的事莫过于发现自己的作品中一周有九天,这可是我亲身经历过的。"[①]

我们一旦卷入书中的悲剧、闹剧,就很可能丧失时

---

[①] 西蒙·伍德(Simon Wood):《你的小说情节够复杂吗?》(*Does Your Plot Thicken?*),载《作家文摘》,2004(1)。

间概念（这可能以不同的形式发生）。《法外之徒》(*A Man Called Outlaw*)是我创作的西部历史小说，作品采用了双时间轴。我依稀记得，写作时为了回想起某个事件的具体时间，我时常背靠着椅子，掰着手指计算日期，这体验可不是沮丧二字能描述的。

后来，我找了本日历，为小说事件安排好月份后，我开始计算日期（银行和其他机构经常发放免费日历，你有需要时领取即可。当然，你也可以选择免费的网络日历，如谷歌日历，网址 http://www.google.com/calendar）。多数小说中，具体日期并不重要，历史小说是个例外。它的日期必须高度一致，也就是说，要确保日期和星期是对应关系。此时，选择一本合适的日历就显得尤为重要了。如果我想写一本历史小说，它的开端是1926年的新年（这一天是周五），我肯定会先找一本第一天是周五的日历。

在日期的方格内，我会简单记下这一天的事件。格子里多是简单的词语，如派对、葬礼、旅行等。你不必在日历上写很多字，如果想了解更多的内容，你只需拿出提纲即可。

## 第二章节清单

√ 选择最适合自己的提纲方法。

√ 写一份完美评述。

√ 挑选能够激发创造力和灵感的工具。

√ 下载 yWriter（如果你愿意的话）。

√ 找几本旧日历，整理好时间轴。

# 作家访谈:拉里·布鲁克斯
## (Larry Brooks)

**简介**:布鲁克斯是广受好评的畅销小说作家。他创作过六部心理悬疑小说,所著的写作指南《小说工程》(*Story Engineering*)备受欢迎,同时,他所运营的"搞定小说"是最受欢迎的在线写作指导网站之一。详情请登录 storyfix.com。

**你是如何写提纲的?**

我的方法与即兴创作正好相反,也就是说,我不会采用"边想边写"的策略。我试图通过写提纲来思考和确认小说中的重要节点。构思小说时,我会首先基于小说主旨,设计出具有里程碑意义的事件。我有时会以流程图的形式将提纲画在纸上,或者干脆用便利贴,这样小说的重要情节点就依次浮出水面了。我将这样的表格称作"动点进度表"。当你按顺序浏览重要节点时,你就知道小说是否行得通,小说节奏、小说轨迹、人物轨迹是否合适也一目了然。有问题的部分,你大可以通过调整提纲来解决,而不用大费周章重写初稿。

**你认为写提纲的最大好处是什么？**

写提纲可以激发创造力。小说情节有多种可能，写提纲可以帮助你在不写初稿的情况下探索一切可能。有了提纲，你之后的创作就不再是摸索，而是锦上添花、画龙点睛。当你知道一个场景的情节时，你的创作只存在两种可能：一是执行脑海中的方案，二是探寻更好的点子。写提纲意味着在初稿前完成探索，这样，你就不会随遇而安，不会对自己说"这想法行得通，我就这么写吧"。提纲可以帮你摒弃初稿时的"差不多"，敦促你找到更好的点子。

**你认为写提纲的最大隐患是什么？**

不论是写提纲还是写初稿，作家的创作都应基于对戏剧结构和有效叙述原则的清晰认知，否则一切都是空谈。如果在缺乏这一认知的情况下写初稿，作家将陷入尴尬的境地：一方面，他在苦苦探寻小说的结构；另一方面，他又蔑视它，坚信自己可以通过"边写边想"的方式找到它。有的作家处境更危险，他们压根没有意识到结构的存在。事实上，在我看来，写提纲并无隐患。真正的问题在于，许多人认为自己写不出提纲，或觉得提纲会束缚自己的创造力。

**你有推荐过不写提纲吗？**

写某些场景时，我不写提纲，那是因为我已经知道了它们的走向和作用。如果你能自如地在脑海中构思小说；如果你知道该在什么地方留下悬念与线索；如果你清楚在哪里设置第一个重要情节点可以满足读者的期待并引发其共鸣；如果你可以自然留下包袱并在第一个情节点让读者大吃一惊：这说明你已经掌握了小说情节。你要么是天才，要么是通过数十年苦练掌握了这项神技，如果真的这样，你大可以跳过提纲；否则只会引发更大的灾难，你将不得不翻来覆去地改初稿。另外，你很可能满足于"差不多"，因为没了提纲之后，你很难意识到自己的点子有多么平庸。

你的目标是构思一本小说。写提纲与不写提纲，可以说是殊途同归，区别在于前者可以帮助你更快更好地实现目标。

**你认为写好提纲的关键是什么？**

我把牢牢把握小说的根本称为成功小说的六大要素。小说结构是其中最重要的一点，成功的作家绝离不开小说结构的启发与推动。当然，要写好小说，理念、人物、主题、结构、场景设计、叙述声音，六要素缺一不可。即使做到以上六点，你也不能就此满足。因为你依旧面临挑战，许多作家同你一样熟悉小说要素，要想脱颖而出，你必须将其中一项掌握得炉火纯青。

小说的前提是灵感之源，它就如突然亮起的灯泡，告诉我们：这将造就一本了不起的小说。[①]

——约翰·特鲁比（John Truby）

---

[①] 约翰·特鲁比（John Truby）:《解剖小说》(*The Anatomy of Story*), 17页，纽约：费伯-费伯出版社，2007。

## 第三章　雕琢好小说的前提

我坐下写提纲时，小说早已在脑海中酝酿了一两年之久。此时，我对小说的主要人物、个别场景、大体冲突及大致结局已有了些许设想。我的第一个目标就是将它们浓缩为一个前提，也就是说，用一句话概述情节与主题。

你知道自己在创作一本怎样的小说吗？前提可以帮助你发现并确认自己的想法。

我知道这听起来很简单，但请尝试用一句话概括自己的写作目标，比如"我所创作的是一本节奏明快的冒险小说，其中将涉及间谍桥段和凄美的爱情故事"。你可以按自己的风格写，重点是，有了前提你就可以从宏观上把握写作方向。①

写提纲时，你可能会多次调整提纲，即使如此，提纲依旧可以帮你集中注意力。你的任务是用一句话涵盖小说的人物、背景和主要冲突，刚开始，这句话可能会含混一些，就如上面的例子一样，但接下来，你就要尝试把它写得尽可能详细。要在一句话中写出这么多信息，似乎有些强人所难，但如果你能将小说的要素成功地浓缩为一句话，不论是写提纲，还是写初稿，你都不必担心找不到北了。

## "如果"问句

所有小说都源于一个前提：一次空间大战、一场热恋或一条走失的狗。而多数前提又源于如果：

- 如果一个小男孩头脑发育过快，身体跟不上脑袋瓜的发展会怎样？［奥森·斯科特·卡德，《安德的影子》(Ender's Shadow)］
- 如果一名孤儿从匿名捐助人手上得到了巨额遗产，会怎样？［狄更斯（Charles Dickens），《远大前程》

---

① 杰夫·梵德米尔（Jeff VanderMeer）：《书的一生》(Booklife)，317—318 页，三藩市：Tachyon 出版社，2009。

（*Great Expectations*）]

● 如果我们的梦境真实存在会怎样？（我的作品，《梦境者》）

作家对"如果"二字再熟悉不过了。一部小说、一个故事、一篇文章，纵使没有清楚地提出"如果"的问题，也必然是受其启发的。可叹的是，很多人并没有意识去回答它，自然无法穷尽其妙用。

我所创作的《守望黎明》是一部历史题材小说，它是一部以第三次十字军东征为背景的中世纪史诗。从很多方面讲，这部作品都称得上我创作生涯的拐点。一个重要原因就是我学会了回答两个极具魔力的字眼：如果。

这部作品的提纲记事本，首页就写有"如果"二字。我在下面摘录了一部分问题，当时是想到哪就写到哪。

如果安兰（主人公）不是骑士会怎样？

如果梅雷亚德（女主人公）不是贵族会怎样？

如果她没死会怎样？

如果安兰杀了她会怎样？

如果安兰的契约仆人马里克杀了她会怎样？

如果她嫁给反派人物会怎样？（此时我尚未想出反派的名字）

如果有人雇佣安兰去刺杀理查德王会怎样？如

果把暗杀的对象变成约翰王子或王后会怎样？

如果梅雷亚德是疯子会怎样？

如果她的真正身份是刺客会怎样？

如果她因信仰问题为教堂所杀，安兰是否会重新审视一切？

如果安兰年轻时曾滥杀无辜会怎样？

如果安兰受理查德指示铲除异己，之后又在围攻中被人收买去刺杀理查德会怎样？

如果梅雷亚德与威廉勋爵产有一子会怎样？

显然，多数"如果"站不住脚，有些想法甚至是可笑的，我自然没把它们写进小说。但也多亏了它们，我想象力的阀门才得以打开，我可以从全新的角度思考我的小说。我大胆写出了一切"如果"，不论多么疯狂。多亏了"如果"，我得以想出前所未有的点子。

当我有新想法时，我会添加新的"如果"。在一连串"如果"下面，我又提出了新的问题，"读者会期待什么？"我尽可能多地列出读者的阅读期待，这样，我就可以在合适的地方设置意想不到的转折。

读者期待安兰与梅雷亚德陷入爱河。我也确实是如此打算的。

读者期待他们今后可以幸福快乐地生活下去。

或许他们没有那么幸运，但一开始就让读者预期人物的死亡也不合适，这样的死亡缺乏震撼力。

读者期待坏人失败并死去，好人获胜并活下来。这也是我想要的结果。如果反派人物一直活着，小说的句号就画不圆。

读者期待安兰对理查德王和十字军东征忠心耿耿。但他可能并不在意十字军东征，或许，他也不在意国王。倘若我将理查德刻画为普通的政客而非英格兰的救世主，我的作品和传统之间就产生了张力。

读者期待安兰本性善良。如果他不是呢？或许他只是个无情的杀手，或许梅雷亚德十分厌恶他。老实讲，比起主人公由坏变好的套路，我更喜欢将主人公塑造为善良的形象。刚开始，他深陷自我牢笼，但随着故事的发展，他得以挣脱自我束缚。将安兰塑造为身不由己的正面人物，或许不失为一个好的叙述策略，就如同电影《角斗士》（*Gladiator*）中的马克西姆斯一样。

什么会让读者大吃一惊？

某个人物表里不一。

某个人物还奇迹般地活着。

某个人物已经死了，他活着只是某些人营造的假象。

威廉勋爵并没有死。

这些语句看似简单，但它们却带来了意想不到的收获。记事本上，小说的层次在数页之间丰富了起来，一部以复仇、救赎、爱情为主题的中世纪小说，一下子蜕变为一部跌宕起伏、动人心弦的作品。

创作时，别忘了"如果"二字。把"如果"问句清楚地写出来，这些问句能够放飞你的想象力，你可以看到之前没有看到的可能。就算有想法行得通，也不要轻易满足，继续发问，"如果这两件事发生了，那另一件事也发生会怎样？"或者"如果发生的是另一件事会怎样？"小说总有无限可能。

## 前提句

"如果"问句对创作大有好处，如果想最大限度地挖掘其潜力，我们就需要从中提炼出前提句。雕琢好前提句有如下好处。

### 找到可行的想法

你如果可以将想法浓缩为一句话，它能否行得通，你就十分清楚了。以我的奇幻小说《梦境者》为例，我写的问句是"如果我们的梦境真实存在会怎样？"这个想法很有趣，但一开始我并不知道它能否推动一整部小说。直到我写出前提句"记者克里斯·里德斯敦发现：他入睡后会进入另一个世界，他的梦是关于另一世界的真实记忆，这个世界正处在崩溃的边缘，他别无选择，唯有拯救它。"我才知道答案。

**明确小说的人物、冲突与情节**

写好前提句，意味着你必须明确小说的主人公（尽可能细致，我上面的前提句就涵盖了他的姓名、职业及个性）、主要冲突及大致情节。"如果"为你提供了想法，前提句则为你提供了小说。

**提炼出作品的精髓**

创作初期，尤其是刚找到灵感的那几天，我们会处在一种狂热的创作状态，四处乱撞。所谓"乱花渐欲迷人眼"，一不小心，我们就会迷失在过于丰富的可能性之中。一个小说可以朝多个方向发展，要挑出最合适的方向并不简单。你可能遇到过类似的情形：小说写了好几章，却陡然发现选错了方向。前提句相当于迷你版的提纲，即使你不喜欢提纲，你也一定用得上前提句。踏踏实实写出的小说前提，如同夜空中明亮的北极星，永远指引着你的小说。

### 引导你找到下一个问题

前提句写好后，你的小说就有主心骨了，接下来要做什么也就明朗了。写好《梦境者》的前提句后，我就知道我需要回答哪些问题：梦境世界的架构是怎样的？为何只有克里斯发现了这一世界？它为何会处在崩坏的边缘？

### 一句足以满足他人好奇心的话

当热心的朋友、家人、粉丝问及你新近创作的小说时，你很可能磕磕巴巴，纠结于如何用两三句话说清三百多页的作品。解决方案近在眼前：你只需说出你的前提句。这句话既可以满足他们的好奇心，又可以让你显得自信满满、成竹在胸。

### 为推销作品做好准备

在创作初期写好前提句，亦可为推销作品提供便利。当你联系书商时，一份简明扼要、具有吸引力的小说概述必不可少。如果你现在就着手准备前提句，等你和书商沟通时，你手上就有一份完美的推销材料了。

## 写提纲前须明确的问题

我们都有过这样的体验：一本书构思巧妙、令人折服，但我们却越读越泄气。作家确实有极佳的情节构想，但未能充分挖掘其潜能。他们往往能构思出情节，并且让人物活动起来，但接下来很多人就束手无策了。在他们无奈的注视下，小说渐渐偏离了最初的构想，漫无目的地游荡。有时，他们甚至忘记了自己最初的构想。

从构思到提纲，从初稿到之后的多次改写，我们自然会有新的想法和思路。不过，如果你能在前提阶段牢牢把握小说的关键，之后你就不必花时间大费心思给小说动刀子了。这个阶段急不得，要学会慢下来，问问自己是否充分发掘了前提的潜能。前提是小说人物、背景、主题及情节的根基。没有稳固的前提，其他要素再突出，小说也不过是比萨斜塔。

奥森·斯科特·卡德借鉴睡美人的童话，创作了《魔咒》(*Enchantment*)。这部作品充分发挥了前提的魔力，值得我们借鉴。小说中，卡德将一个小伙子从当今的美国扔到了九世纪的俄罗斯,他的设计充满了有趣的情节和必要的冲突。他大可以满足于这个框架,轻松写出一部有趣的小说。但卡德清楚,前提中时间旅行的潜力不止于此。他大手笔地拓展了小说格局,小说过半时,他将主人公和俄罗斯公主送回了现代,这对小说人物和读者而言都是一个惊天大逆转。卡德之所以如此安排,是因为他知道:将主人公送至俄罗斯,让他在充满敌意的中世纪杀出一条血路不过是小说的第一步,前提的潜力可不止于此。通过对前提的充分挖掘,卡德将两个世界描写得有声有色。

好好审视一番你的前提,确认你是否发掘了它的一切潜能。不要满足于显而易见的答案。如果你想到了一个了不起的小说前提,就不要辜负它。卡德很可能问过,"如果主人公可以通过时光之旅穿越到九世纪,那让他和俄罗斯公主一起穿越到今天的美国,又有何不可?"类似的问题可以迫使我们跳出定式思维。百分之百新颖的构思是少数的,睡美人童话的衍生作品以前也出现过。《魔咒》之所以能免于沦为另一部平凡的作品,是因为卡德可以跳出定式思维,为熟悉的童话打开新的窗户。

除了向前提发问外,还要问一些常规性的问题。

- 小说情节中有哪些重要时间点?(列出 4 到 5 个)

- 能不能想出两个或两个以上的因素,来说明这个时间点的复杂性?
- 时间点的复杂性会不会让人物感到不自在?
- 这些复杂性会不会对背景提出新的要求?
- 谁是小说的主人公?
- 激发事件对谁的影响最大?
- 人物是否面临两个以上的难题或困扰?哪一个为冲突或戏剧化提供了最大可能?
- 这一难题对其他人物产生了怎样的影响?

问题没有标准答案。坚持反思,从各个角度出发,寻找更好的答案,探寻更多的可能,直到你穷尽了当下的所有想法。记住,这并非创造的终点,一切才刚刚开始。"充分构思一本小说,并不意味着预先知道小说的每一句对白、每一个场景和每一个激动人心的拐点。"[1]

## 开展头脑风暴

使用思维导图、"如果"问句、提示性写作、自由写作等头脑风暴工具,可以帮助我们找到可行的思路。它

---

[1] 南希·克雷斯(Nancy Kress):《时间的针迹》(*A Stitch in Time*),载《作家文摘》,2003(5)。

们之所以有效,是因为它们可以帮助我们越过大脑吹毛求疵的一侧,直接进入深层的"梦想领域"。罗伯特·奥伦·巴特勒(Robert Olen Butler)将这样的头脑风暴称作"梦想风暴"(dreamstorming)。[1]

我们也好,我们的作品也好,一旦少了大脑的逻辑思维,就注定一事无成,我们的作品将变成各种色彩和情感的大杂烩,一切都会纠缠在一起。因此,我们需要逻辑思维,它可以帮我们在混沌中找出线索、理出头绪。然而,艺术的震撼力往往源于右脑,源于潜意识。那怎样才可以让大脑的理性一侧稍事休息,为潜意识留足创造空间呢?

- **给幻想点时间**。我们的世界过于热闹,安静早已成了奢侈品,但每天挤出几分钟做做白日梦还是可能的。尝试一下,你将惊异于你的收获。
- **切忌自我审查**。创造力是一朵既羸弱又多愁善感的花儿,而我们每个人的脑海中都住着一位吹毛求疵的编辑,在他严厉的批评与规则下,创造力往往不堪重负,迅速枯萎。这并不是说每一个从潜意识中冒出的想法都有价值,但至少给它一个机会,把

---

[1] 罗伯特·奥伦·巴特勒(Robert Olen Butler),珍妮特·伯罗威(Janet Burroway):《从你的梦想开始:小说创作之道》(*From Where You Dream: The Process of Writing Fiction*),87-88 页,纽约:格罗夫出版社,2005。

它写到纸上而非急切地妄加评论。

- **让左脑安静一会**。左脑是个急性子，有时会喜欢出风头。如果他非要告诉你这本小说怎样写最好，你最好让他等等，这样你就不会错过右脑的创意了。左脑总会得到发言机会的。
- **抓住感觉**。潜意识的运作，依靠的并非文字，而是视觉、听觉、嗅觉、味觉等感觉。把信息传递给大脑表层，转化为文字是之后的事。文字本身并无问题，它毕竟是我们这一行安身立命的工具，但如果你能试着抓住最初的感觉，你的写作可能会更有灵性。闭上双眼，用心感受笔下的场景。你看到了什么颜色？你闻到了什么味道？你的身体有什么感觉？要想让你的场景活起来，你就必须关注这些细节。
- **相信你的直觉**。你是否有过这样的经历：小说创作顺利，人物塑造可圈可点，但就是觉得哪里不对劲。我的经验是，相信直觉。我的直觉至今还没有让我失望过。接下来，唯一需要费心思的就是解读直觉。

多数作家都承认，他们无法完全理解自己最优秀的作品，因为它源自意识之外的某个领域。只要我们能认识并接受这一事实，我们就能抓住宝贵的机会，发挥潜意识的能量。创造力由意识与潜意识共同拉动，前者马不停蹄、奋力向前，后者则有条不紊、调整节奏，唯有两者协调一致，我们才能创作出优秀的作品。

## 第三章节清单

√ 写下你的"如果"问句。
√ 雕琢好你的前提句。
- 找到小说的主要思路
- 明确小说的人物、冲突与情节
- 提炼出作品的精髓（小说的类型是浪漫小说，推理小说，历史小说还是其他？）

√ 写提纲前，须明确几个问题，以发挥小说前提的潜能。

## 作家访谈：伊丽莎白·斯潘·克雷格（Elizabeth Spann Craig）

**简介**：克雷格著有三本舒适推理小说。她的博客"推理小说写作是一场谋杀"（Mystery Writing is Murder）颇受欢迎，曾两度入选《作家文摘》"101个最受作家欢迎的网站"。详情请登录blogspot.com。

**你是如何写提纲的？**

我过去没有写提纲的习惯，但现在不同了，有位编辑要求我务必先写提纲，再写初稿。可以说，我是逐步学会写提纲的。

我会先写出小说的概要，其内容与小说的封底类似。通过在提纲上列出情节要点，小说重点一目了然。我会依次介绍主要人物，并通过人物与潜在受害者的交流引出犯罪嫌疑人，紧接着，人们发现了第一具尸体，侦探展开调查，盘问每一位犯罪嫌疑人，不久以后，人们发现了第二具尸体，调查再次展开。经过一番周折，侦探终于找到了杀人凶手。

我写提纲的目的，不外乎让编辑了解小说的大体脉络。如果她能支持我的思路，那就再好不过了。

我处理提纲的方式，类似于回答"接下来会发生什么"。提纲以小说的主要事件为主，不会涉及过多细节，但它会解释人物的动机，展示人物的成长历程，并提及书中的重要插曲。

**你认为写提纲的最大好处是什么？**

写提纲需要花不少时间，但有了提纲以后，我的创作顺畅许多。此外，知道小说的主要情节后，创作初稿时，我就可以在次要情节和描述上花更多心思。先前不写提纲的时候，我要等到初稿完工后才有心思琢磨这些内容。

**你认为写提纲的最大隐患是什么？**

在我看来，写提纲的主要问题在于逻辑性过强，创造性相应地弱一些，所以我会以头脑风暴的方式切入，比如在纸上写下"如果"问句。对我而言，当我在提纲中融入更多创新元素时，它会更适合我。

**你有推荐过不写提纲吗？**

如果你按提纲写却遇到了拦路虎，不知如何写下去，这时不妨松一松神经，暂别提纲，让思维漫步一番。问问自己，这个场景换个方式描述会不会更好？另外，对于那些能引起读者情感共鸣的场景，我写提纲时会尽可能宽泛地处理。一个令人恐惧或沮丧的场景，倘若在提纲中就按逻辑一五一十地列出来，只会给后续的初稿创作徒添烦恼。

**你认为写好提纲的关键是什么？**

反复修改。初步写完提纲后，我可以松口气，但这并非终点，接着我还要修改提纲。好提纲和好初稿一样，都是改出来的。这个阶段，我不怕走弯路，我会把提纲看作纸上的头脑风暴。经过一番努力，我会得到我想要的结果。当然，此时的提纲，已经经过数次修改了。

写作之旅,别忘了带上好奇的童心。你的发现将超乎你的想象。[1]

——查尔斯·吉格纳(Charles Ghigna)

---

[1] 查尔斯·吉格纳(Charles Ghigna):《有关写作的摘语》,http://www.charlesghigna.com/quotes.html。

# 第四章　小说示意图（Ⅰ）：连点成画

现在，你已经完成了小说的前提。凭借这艘可靠的船只，你可以安心起航，驶向小说的更深层——我将这一层称为"小说示意图"。你需要在这一步写下之前的点子、锁定情节上的漏洞并推敲小说框架的合理性。示意图是小说提纲的全景展示，因此你无需安排好小说的每一个细节。之前小说是密封在盒子里的，这一刻你则在撕胶带、打开包装。你将在盒子里发现精致的小说零件，没错，你要学会组装它们。

从很多方面讲，示意图都是提纲中最重要的一环，因为你可以在这一阶段尽情书写所有想法，不管它有多么不着调。你写下你所知道的一切，将它整理为某种概要,然后检索出其中的情节漏洞。另外,别忘了留足时间,向自己抛出大量的"如果"和"为什么",例如:人物为什么会这样做?她为什么不愿谈及自己的过去?她有什么难言之隐呢?如果他在关键节点做出截然不同的选择会怎样?

你现在所知道的几个场景就相当于"连点成画"游戏里的点,你的任务就是根据点的分布想出连点的方法,并且解释这样做的原因。有了示意图的帮助,你可以相对轻松地完成这一任务,因为此刻你没有其他牵挂,如描绘完整场景、丰富人物形象、完善对白、保证情节一致等。换言之,你可以集中精力攻克这一任务。

## 场景清单

有了灵感的火花不等于做好了创作的准备。从有灵感到真正落笔,我一般要酝酿数年之久。布克奖得主玛格丽特·阿特伍德指出:"你没准备好的时候,自己会再清楚不过。如果你觉得自己准备好了,这不一定准;如果你觉得自己没准备好,这十之八九是真的。"[1] 当缪斯

---

[1] 玛格丽特·阿特伍德(Margaret Atwood),引于克里斯滕·D. 戈德西:《打开小说之门》(*Unlocking the Door*),载《作家文摘》,2004(4)。

女神向你招手提示你继续创作时,你就准备得差不多了。此时,你可以动笔列出脑海中的场景。

**概述场景**

《守望黎明》的示意图是以问题开始的。我问自己,"我对这本小说有什么了解?"接下来的十几页填满了人物情节的概述,可以说,我按时间顺序写下了我所知道的一切。

马库斯·安兰是一位心灰意冷的职业军人。第三次十字军东征期间,他负伤后为撒拉逊人所俘。多亏了一位苏格兰女子的悉心照料,他得以康复。这位女子之前跟随丈夫出征,丈夫因战争离世,她则成了穆斯林的俘虏。

安兰康复后不久就得到了逃跑的机会,为了报答梅雷亚德的恩情,他决定带她一起逃跑。出于某个重要原因他们成了婚,并打算一到法国或英国就立马分开。

他们在逃跑的路上遇到了安兰的契约仆人马里克。他们没有向他透露结婚一事。

出于某个原因,安兰有一个敌人。我忘了他的名字,姑且叫他敌人先生吧。他们因某事不和……

你写下的事件，有的可能发生在小说开头之前。不过，在提纲示意图阶段，你不必担心小说格式，也不必忧心小说的第一章始于何处，只需写下一切想法即可。

## 列出场景

写《梦境者》的时候，我尝试以新方式处理小说主要事件，我以列表的形式将它们依次列出：

1. 克里斯梦到了一个女人，她劝他待在自己的世界里，之后，她射击了他。
2. 克里斯收到了一些奇怪的信件，信中提醒他"离那个心理医生远点"。
3. 克里斯意识到他梦境中所造访的是一个平行世界。
4. 克里斯醒来后，发现自己身在莱尔的战场上。

……

此刻，重点不在于创作新的场景或填补情节的空白，而是转动脑筋，回想一切与小说相关的想法并写下来。如果你平时有在纸巾或小纸片上记笔记的习惯，此时也需要对它们进行整理。不消说，许多写下的想法都行不通，有的更是蠢得要命。不过，这些想法或多或少都是你思想的结晶，你有必要把它们写下来。

## 标出问题

如果小说的某个部分讲不通或需要进一步完善，你只需迅速做下标记，然后继续写。我的示意图上批注随处可见，我会写下"接下来我并不是很清楚"和"这里过于模糊"之类的句子，这些未知领域是通往探险之旅的神秘通道。以《守望黎明》示意图的第一部分为例，那些需要补充的部分，我都加了下划线。

马库斯·安兰是一位心灰意冷的职业军人。第三次十字军东征期间，他负伤后为撒拉逊人所俘。<u>多亏了一位苏格兰女子的悉心照料，他得以康复。</u>这位女子之前跟随丈夫出征，丈夫因战争离世，她则成了穆斯林的俘虏。

<u>安兰康复后不久就得到了逃跑的机会，为了报</u>答梅雷亚德的恩情，他决定带她一起逃跑。<u>出于某个重要原因他们成了婚</u>，并打算一到法国或英国就立马分开。

他们在逃跑的路上遇到了安兰的契约仆人<u>马里克</u>。他们没有向他透露结婚一事。

<u>出于某个原因，安兰有一个敌人</u>。我忘了他的名字，姑且叫他敌人先生吧。他们因某事不和……

完成一天的任务后，我会在每页的顶端做标记，如"示意图"、"人物速写：马库斯·安兰"、"提纲"等，这样，日后我就可以迅速定位相关信息。紧接着，我会细细过一遍当天加了下划线的部分，如果有问题须进一步完善，我会用橙色荧光笔画下来。之后正式写提纲时，我还会用蓝色荧光笔画出翔实完善的部分以便誊写。如果我突然有了新想法，而它又不属于当前的内容，我会先记下它，并用粉色荧光笔标记。为了方便之后的誊写，我还会加上箭头指明它所属的位置。

手写稿自然没有 Word 的查找功能。要想在一本字迹潦草的记事本中寻找只言片语，其难度不亚于破译摩尔斯电码。写完一个部分后，做一些标记虽然会占用几分钟，但长远来看，这可以省去大量的时间和精力，也避免了不必要的烦恼。

## 连点成画

基本的场景安排可长达数页，我的《守望黎明》就是如此；当然，它也可能只有几个段落，我的《梦境者》就是如此。长度并不重要，重要的是你手头上有了小说地图，它可以让你一眼看出小说缺失的部分。换句话讲，你已经有了"连点成画"游戏里的点，可以从中窥见小说最后的大致形态，其中，点与点之间的空白代表当前的情节漏洞。

列出《守望黎明》的场景清单后，我依旧有许多问题亟需解决。我会首先处理最棘手的问题（谁是安兰的敌人？为什么？），我会尝试多种方案，而它们又可能引出一连串新的问题。

安兰的敌人搞不好是一位主教。（我要小心处理，务必确保他是完全虚构的。我绝不能因自己的观点或情节需要就抹黑某位历史人物。）

安兰会不会有一段不为人知的过去？

或许他是一位逃跑的僧侣？

这个想法不错。果真如此，安兰对生活的冷漠就只是一种伪装。他可以因冷漠而离开教会，但他毕竟是一个怀有激情的人，这么做不符合他的性格。

他离开，或许是因为他识破了教堂的伪善，但这未免过于偏离当时的道德规范了。马丁·路德的宗教改革还要等好一阵子呢。我们总不能让安兰引领变革的狂潮吧。

或许他是因心寒而离开，对，这个可能讲得通。或许他的一位好友冤死在主教手上。

## 自由写作

要写出优美的文字,势必要遵守一些规则,但请先将它们扔到一旁。你现在要做的是尽情地写,写得越快越好,切忌停下来评论自己。我的稿子上,各种人称都有,时而第一人称,时而第二人称,时而复数人称。就算有人有勇气读我的记事本,他也会觉得我人格分裂。我会给自己讲笑话,逗自己开心;我会滔滔不绝地谈论我的角色;我会毫无节制地使用感叹号。你要做的就是抛开一切顾虑,肆意书写。给自己一个机会,到林间小道上漫步一番,到布满灰尘的角落探索一番。这些随性的文字,最终只有一小部分用得上。不过,要找到小说的宝藏,如何少得了丛林里的翻爬滚打呢?女士们,先生们,这可不是衣着光鲜地去喝下午茶。戴上你的遮阳帽,开始探险吧。

## 相信你的直觉

我们都希望读者能在智识上欣赏小说,但同时,更重要的是让读者与小说及其人物产生情感共鸣。小说中有一种特殊成分可以抓住读者的心,让他们心情愉悦或黯然神伤(也可能是二者矛盾的美妙结合,即日本的侘寂），正是这一成分赋予小说魔力。小说的智识层面固然重要，但我们不能让它掩盖了更为重要的直觉与情感。一个想法是否有价值，问问我们的情感与身体就好，它们的直觉再准确不过。

我们都读过这样的作品，它们在手法上无可挑剔，但就是缺乏某种魔力。黛安·赛特菲尔德（Diane Setterfield）在《第十三个故事》（The Thirteenth Tale）中将文字把玩到了极致，令人赞叹，但不知为何这部作品始终无法引起我的共鸣。简·波特（Jane Porter）的《苏格兰首领》（The Scottish Chiefs）恰好相反，它在技法上可能存在缺陷（历史背景的缺陷自不必说），但每次读完，我都像拧干了的毛巾一样。一本小说，即使结构上有瑕疵，只要它能引起我的情感共鸣，于我而言它就是一部佳作。如果你能让我爱上你的人物、和你的主题产生共鸣，我就不会抓着你情节的小辫子不放。如果你能设法触及读者神秘、不可捉摸的情感，他们不仅有可能读完你的小说，还有可能永远记住它。

如何创作出具有感染力的作品呢？很简单，先让小说打动自己。学会倾听自己的身体，寻找情感的共鸣与回声。于我而言，如果一个想法足以令我肺部缺氧、喘不过气，那我肯定是得到了缪斯女神的青睐。这种想法弥足珍贵，我无论如何都不能错过，否则，我的损失就难以估量了。如果一部小说、一个人物、一个主题足以令我撕心裂肺或满心欢喜，那说明我找到了某种强烈的情感；如果我能妥善地传递这一情感，读者就可以获得相似的体验。伊丽莎白·乔治（Elizabeth George）著有多本畅销推理小说，她认为创作中情感与技法同等重要。我们的"大脑委员会"可能会带我们走上歧途，但我们的直觉很少出错。① 丹·查恩（Dan Chaon）曾获美国国家图书奖提名，他解释道：

> 这情感看似无足轻重，却又坚不可摧，它可能附着在一个人物、一个情境或一种语调上……灵感光顾你的时候，你自然会知道的，因为你的身体会莫名地兴奋起来。②

露西·蒙哥玛丽（L. M. Montgomery）在谈及自己的儿童小说《风之少女艾米莉》时，将这一情感称作"光环"，读者因之对主人公满怀期待、钟爱有加。③

---

① 伊丽莎白·乔治（Elizabeth George）：《一个劲写下去》（*Write Away*），69 页，纽约：哈珀柯林斯出版社，2004。
② 丹·查恩（Dan Chaon）：《标题游戏练习》（*The Title Game Exercise*），38–39 页，纽约：兰登书屋出版集团，2007。
③ 露西·蒙哥玛丽（L. M. Montgomery）：《新月的艾米莉》（*Emily of New Moon*），1 页，纽约：Harper and Row 出版社，1923。

每当我心跳加速、呼吸急促，像体验高空跳水一样时，我就真的抓住灵感了。就算他人不在意，它至少于我是有意义的。在小说的初创阶段，这还不够吗？

读完你的小说后，读者的反馈会一致吗？恐怕不会，能打动一个人的文字并不一定能打动另一个人。说到底，小说能否引起读者共鸣是一件极主观的事。能打动我的作品，不一定能打动你。不过，一部小说要具备感染力，肯定要先打动作家本身。倘若你的小说连你自己都无法感染，你又如何希望它感染读者呢？

如果一个想法足以令你产生情感共鸣，你的身体会有怎样的反应？如果你还不知道，你需要先找出这一点。

## 提问

创作时思路中断在所难免，此时别忘了向自己提问。要善于将陈述句改写为问句，比如，"公主被困在高塔中"可改为"我怎样才能将公主从高塔中救出呢？"一个简单的问号，可以释放出令人惊叹的创造力。一个弧线一个点，当中蕴含着无穷的力量。句号会堵死灵感，它意味着之前的一句话自给自足，无需作家进一步探索。

问号则像一扇转门，吸引我们凑过头去，透过门缝张望里面的内容。里面有什么？我们怎样才能找到它？我们应如何使用它？

我创作《梦境者》时，为了发掘人物的一切可能，我提了许多具体的问题（也有些不具体的问题，这样的问题通常有"或许"二字）。

如何增加阿莱若的戏份呢？如何更多地运用她的视角呢？她总不能成天待在那里和盖若威聊天吧，她总得做点什么。

公主究竟是怎样生活的？

探寻者要做什么？

她骑着黑色坐骑四处奔走，她同盖若威交谈，她鼓舞自己的子民，她探访梦境之湖，她对朝臣嗤之以鼻……我恐怕要在她身上自由发挥一番，除非……她是在回应（而非径直行动）。一旦找到克里斯，她的历史使命就完成了，因此她探寻者的身份并没有太多意义。

果真如此吗？

作为探寻者，除了找克里斯以外，她还可以做什么？

她与盖若威关系融洽是显而易见的事。

或许只有探寻者可以同盖若威交流。她承担着莱尔与盖若威中间人的角色。不过,她依旧只是在和盖若威聊天啊。

或许她也在设法保卫湖国(或保卫奥瑞恩)。我不想把她塑造为女战士的形象,但我也不想让她成为一名无助的少女。或许她会骑着坐骑,奔走于各个城镇和聚居地,征募士兵、动员百姓。当然,贴身护卫会一路保护她。(护卫忙于训练克里斯的时候是个例外)

我想,早在克里斯往返于两个世界之前,战火就在泰若斯与马克塔达的部队间蔓延了。这个世界可没有安静隐秘的城堡,我要的是危机四伏的战场。

这样,阿莱若就可以参与他父亲的事业了。

创作并没有很多硬性要求,有必要的话,我们完全可以在写作中掌握多数技巧。但有一项必不可少,那就是强烈的好奇心。好奇心可能会害死猫,但却是作家的生命之泉。就算你已经将情节捋顺了,你也应再往前一步,问上几个问题。如果场景中发生了其他事件,会怎样?结果会有什么改变?结果变了,作品会变得更加高明吗?

正如前文所述,提纲的一大好处,在于我们可以花最少的心思、用最短的篇幅探索小说的一切可能。写初稿时，想尝试场景的另一种可能，恐怕要花上好几周、写出成千上万的文字才成。提纲就不一样了，寥寥数语，短短几分钟的工夫，你就可以从另一个角度切入。想法行不行得通，几分钟内就可以见分晓。

## 第四章节清单

- √概述或列出你所知道的场景。
- √用荧光笔画下需要调整的部分。
- √通过提问，填补场景之间的空白（连点成画）。
- √自由写作，不要理会拼写或语法错误。
- √找出你身体对好点子与坏点子的自然反应。
- √思路一旦中断就提问而非陈述。

# 作家访谈：萝丝·莫里斯
# （Roz Morris）

**简介**：莫里斯著有《搞定你的小说》(*Nail Your Novel*)，她代笔的作品十分畅销。同时，她还是伦敦顶级写作咨询公司的编辑。详情请登录 nailyournovel.com。

**你是如何写提纲的？**

我会先将想法逐一写到索引卡上，之后我会通过洗牌的方式找到小说的最佳排序。换言之，在了解小说整体布局和各要素关系之前，事件在何处发生、真相在何时揭露，都不在我的考虑范围之内。需要进一步调研的内容我会记下来，以便为小说情节和人物塑造搜集更多的灵感。我偶尔也会写详细的小说概述，从而对小说主题进行大胆探索以丰富小说层次。

**你认为写提纲的最大好处是什么？**

让我有机会更好地规划小说，从而最大限度地发挥小说的感染力，并以我希望的方式展开主题。我可以恰到好处地安排情节突转、埋下线索并制造张力。小说的魅力多源于结构，即人物的行动及其对他人的影响而非微观上的细节或文字。因此，写初稿前我会先搭建好小说框架，这样，之后我就可以集中精力，享受文字之趣。这一模式可以帮助我创作出更好的小说，同时写作也会变得更加有趣。

**你认为写提纲的最大隐患是什么？**

有的作家认为有了提纲新鲜感就不复存在，但直接动笔写初稿只会更艰难。即使你苦心雕琢，写好每一句话，回过头来多半还是免不了润色对白、调整结构、变换节奏、修改描述之类的苦差。事实上，你可能要逐字逐句对文稿进行多达十次的修改，此时再谈即兴创作或新鲜感，岂不可笑。

不过，初稿总是值得保留的。你初次动笔写某个场景，肯定障碍重重，但此时的文字亦会饱含新鲜感。之后，如果你文思枯竭或觉得文字雕琢痕迹过重，大可以回过头来看一看初稿，不出意外的话，你可以在字里行间找回小说丢失的生命力。

**你有推荐过不写提纲吗？**

我还真有过一次不写提纲的经历。当时，我脑海中有一个小说背景和激发事件，我跃跃欲试，根本平静不下来，对人物塑造我也突然有了灵感。总之，我迫不及待地想动笔，挣扎一番后，我还是等不及就开始写了。想法越写越多，有精彩的，也有拙劣的，但最大的问题在于我没有清晰的目标。最终，小说还是逃不过搁浅的厄运。写到这个份上，再搜罗新的想法就如同处理杂物一般令人厌恶。

这并不是说我今后写小说肯定会先写提纲。如果我脑海中已经有了成熟的想法，就算没有提纲，我也完全可能写出不错的初稿。如果你的小说本身就架构清晰，比如说你要写一场旅途，就算没有提纲，你也可能顺利完成创作，但这在某种程度上是有方案可循的。我认为多数作家都需要一定的指引。一旦动笔，我们的创造力将不断创造新的事物，而提纲可以为创造力提供边界和秩序，让创作变得更流畅，让小说变得更出彩。

**你认为写好提纲的关键是什么？**

预先做好准备。写提纲前，我需要对小说人物、地理环境及关键场景有所了解。对我而言，写提纲就是设法连接这些点、填补点与点之间的空白。同时，我还要思考以何种顺序展示情节才能让小说更具感染力,我可无法从零开始思考一切。写提纲解决的是如何组织素材而非如何创造素材。因此,写提纲前,我需要对小说有一个初步印象。

优秀的作品是冒险精神与技巧的完美结合。[1]

——约书亚·亚当斯（V. Joshua Adams）

---

[1] 约书亚·亚当斯（V. Joshua Adams），引于扎卡里·珀蒂特：《你的未来文学代理正在阅读的12种文学期刊》（12 *Literary Journals Your Future Agent Is Reading*），http://www.writersdigest.com/article/12-literary-journals-your-future-agent-is-reading，2010（05）。

# 第五章　小说示意图（II）：小说的核心元素

　　随着小说提纲逐渐成形，对小说核心元素的关注愈发重要。你越早确认小说的动机、愿望、目标、冲突与主题，越早将它们融入到作品之中，你之后的创作就会越顺利。不要马不停蹄地一直埋头写，要学会时常从创作的旋涡中跳出来，对小说要素进行评估。我们忙于概述情节时，有时会忽略了小说要素。耕耘数月，辛辛苦苦完成了提纲，写初稿时却发现小说缺少一项要素，还有什么比这更痛苦吗？我就亲身经历过这样的事。相信我，没有什么比这更令人沮丧和泄气了。在创作初始阶段，多花一些时间，确保要素一个不少。

## 动机、愿望与目标

人们往往会依据一个人的行动来评判他，这是因为我们在很大程度上是由我们的行动定义的。然而，由于旁人难以洞悉我们动作背后的真正原因，他们对我们的评价时常会有偏差，甚至会误解我们。小说人物亦是如此。一个人的行动，在现实生活中和在作品中都同样重要。读者希望通过人物的行动来了解他。不过，多数情况下，更重要的是人物想做什么。不论意愿是好是坏，人们并不能总按自己的意愿行事，但这是否意味着意愿不够强烈、不够关键呢？就算我们可以按自己的意愿行事，别人也可能误解我们。我们善意的举动可能被他人理解为恶意的，我们利己的行为则可能被他人冠以英勇果敢、大公无私的标签。奥森·斯科特·卡德说："人物是由自己的行动定义的，这话不假，但更准确地说，人物如何定义取决于他想做什么。"[1]

创作《守望黎明》时，我将主要人物的动机和行动都列了出来。

> 安兰觉得自己罪恶深重。对他而言，活着是一种负担，他想战死沙场。

---

[1] 奥森·斯科特·卡德（Card）:《角色和观点》(*Characters and Viewpoint*)，5–6页，辛辛那提：作家文摘，1988。

他想避免同罗德里克主教发生争执，他很清楚，自己无权指责罗德里克的罪恶。

他想将梅雷亚德安置在修道院内，这样他就可以安心返程和参与比武了。

圣地的经历令梅雷亚德毛骨悚然，她想尽快逃离此地。

她想尽快抵达修道院。丈夫死后，她希望在修道院里开始新的生活。

她想找到巨剑马提亚。据施洗者吉辛所说，马提亚可以帮助她摆脱罗德里克主教和格兰特家的休斯。

罗德里克为求自保，有意铲除异己。

施洗者吉辛与罗德里克曾在阿比有过一段过节，吉辛吃了不小的亏。吉辛想逼安兰找回马提亚，以报当年阿比之仇。

马里克想尽快结束他与主人安兰的契约，以回到苏格兰和多莉侍女团聚。

格兰特家的休斯病态地迷恋着梅雷亚德，他想找到梅雷亚德并强娶她。

当年，安兰曾在比武场上羞辱过休斯，自此以后，休斯一心想找到安兰并杀掉他。

创作出惊险刺激、与众不同的人物行动，自然会吸引读者，但如果动作背后缺乏合适的理由，读者早晚会丧失兴趣的。其中，人物动机尤为关键，因为动机可以自然地延伸为目标，有了目标就可以设置相应的障碍，从而产生内在冲突。

陀思妥耶夫斯基（Fyodor Dostoyevsky）的《罪与罚》（Crime and Punishment）相当长，倘若读者不知道拉斯柯尔尼科夫的动机，他们根本不可能读完六百页的作品。当然，他的动机相当阴暗，他所想的是如何杀死老妇人。简·奥斯丁（Jane Austen）笔下的爱玛总是愚蠢地干涉朋友的生活，但她是出于好意，倘若我们不理解这一点，这本小说读上几章恐怕就要被扔到一旁了。像天行者卢克和超人克拉克·肯特这样的人物，其行动自然是正面的，但如果不知道他们行为背后的动机，我们也会觉得无聊。

仅仅让人物做有趣的事还不够，行动背后的动机也必须足够有趣。这一原则为作家提供了广阔的创作空间。如果想塑造天行者卢克之类的直率人物，我们可以让人物的动机和行动保持一致；如果想让人物变得更加复杂、更加难以捉摸，他的行动和动机就不能总是简单地保持一致了。克里斯托弗·诺兰（Christopher Nolan）执导的蝙蝠侠系列中的布鲁斯·韦恩就是一个范例。

## 第五章 小说示意图（Ⅱ）：小说的核心元素

小说人物往往黑白分明，但现实生活并非如此。人们的动机也好、行动也罢，总是扑朔迷离的。认清两者复杂的对立关系并妥善加以运用，我们就可以塑造出更为丰满的人物形象，创造出更为精彩的次要情节。或许最为重要的是，我们有可能创作出值得读者细细品味、细细咀嚼的作品。这样，我们的小说就可以达到更高的水准。我想，大家之所以喜欢小说，一大原因就是我们可以在阅读中透视人物内心，不仅可以了解人物的一举一动，更可以了解动作背后的原因。

人物的动机会点燃他们的愿望，愿望则会引领他们迈向目标。郝思嘉是《飘》（Gone with the Wind）的女主人公，她小说后半段的一切举动都源于一个动机："我不要再饿肚子了。"她渴望获得安全感，这一愿望引发了她对财富与地位的追求。

回归小说本质，我们会发现，小说的核心是主人公的某种愿望。倘若没有愿望，主人公何以熬过一页又一页的冲突？我们都听过一句谚语："没有冲突，就没有小说。"如果人物可以毫不费力地得到他想要的一切，冲突无从谈起。你的人物必须拥有某种愿望并且要足够强烈，否则读者是不会对他感兴趣的，更别提为他翻几百页书了。人物理应有一个坚定的目标，这一目标常常源自某个激发事件。由于人物的信念或过往的经历，他对目标往往会越来越执着。整本书中，他都在追逐这一目标，有时会一直持续到小说结尾（当然，有的时候，我们要在小说的某个部分彻底改变他的目标）。作家的任务是在小说的每个转折点设置障碍，让人物不断经历挫折。

乔治·艾略特（George Eliot）的巨著《米德尔马契》（*Middlemarch*）是出了名的大部头，长逾八百页。这本书的厚度，足以令今天的多数读者望而却步，更何况它讲述的还是十九世纪英国乡镇的平静生活。小说中既没有爆炸案，也没有公路上的速度与激情；主人公既不用拯救首相，也不用阻止另一场英法战争。那么，读者为何能乖乖地读完这本八百多页的小说呢？艾略特是怎样做到的？答案并不复杂，艾略特在《米德尔马契》中，将延迟满足的艺术发挥到了极致。她为人物赋予强烈动机、愿望、目标的同时，又冷峻地拒绝了一切实现的可能。多数人物的目标非常清晰：多萝西娅想和威尔在一起；银行家布尔斯特罗德想隐瞒自己不光彩的过去；利德盖特医生想还清贷款，和妻子过平静的生活；玛丽·加思希望弗雷德·芬奇在成为自己未婚夫前，可以先成为一名有担当的人。艾略特的叙事策略是这样的：一次次让人物靠近目标，却又一次次将他们推回原处。显然，读者很买她的账。他们都想一探究竟，看人物能否实现目标得到自己想要的结果，就这样乖乖地读了八百多页。

小说是一场文字之旅，旅途的终点是人物看似遥不可及的愿望。愿望可以是一件事物，如达希尔·哈米特（Dashiell Hammett）《马耳他之鹰》（*The Maltese Falcon*）中价值不菲的小雕像；一个人，如玛格丽特·米切尔（Margaret Mitchell）《飘》中的卫希礼；一种心境，如米莱娜·麦克洛（Milena McGraw）《敦刻尔克之后》（*After Dunkirk*）中平静的心态；一场胜利，如凯西·黛尔斯（Kathy Tyers）《火之冠》（*Crown of Fire*）中人们战胜舒尔的愿望；一次逃离，如赛珍珠（Pearl S. Buck）《龙种》（*Dragon seed*）中人们渴望摆脱日本人的压迫；一个地方，如柯奈莉亚·冯克（Cornelia Funke）《墨水心》（*Inkheart*）中的墨水世界。你的小说人物可以有自己独特的目标，但人物对目标炽烈、难以遏制的追求是永恒的。

人物的愿望与他的成长轨迹紧密相连。从小说开始到结束，人物可能会经历一系列的变化，其转变是追求愿望的直接结果。当然，随着小说的发展，他的愿望也可能会因遭遇而发生变化。变化是一种催化剂，会对人物轨迹产生巨大影响。你可以制作一个表格，记录人物从小说开始到结尾的变化，比较他前后的性格、行为、价值观及信念，看看它们究竟发生了怎样的转变。（人物必须有所改变，且不能浮于表面，其内在价值、道德观念也必须有所转变。）

要想将人物的变化刻画得立体鲜活、令人难忘，以下要素缺一不可。

- 首先，你要清楚，人物在故事起点是怎样的？他在意什么？他信仰什么？他在特定情境下会如何行动？
- 在小说起点，人物总是有缺陷的。一般情况下（但也有反例），主人公会逐渐成长为一个更好的人。
- 为读者提供翔实的例子，以展示人物需要变更的行为或信念，这点在小说的前半部分尤为重要。如果他是个自私自利的家伙，或许他会特地走到行乞者面前，对他说些刻薄的话；如果他是个懦夫，就算看到别人被殴打或劫掠，他也会装作没看见。
- 为人物配备所需的工具，以便他提升自己。工具可以通过多种方式呈现，如一位导师的建议，它甚至可以是一个特殊的情境，人物借此认识到自己做法的不当之处。成长并非一蹴而就的，在小说中，人物的变化应以渐进的方式体现出来。

- **等到小说高潮再揭示真相，让内在冲突与外在冲突碰撞在一起。**我们无法总这么做，不过，如果你可以让内在冲突的高潮与外在冲突的高潮同时发生，你将得到意想不到的效果。(参考本章的"内在冲突与外在冲突"部分)
- **用行动来证明人物的内在转变。**如果人物仅仅是发誓，称自己要做一个好人，这难以令读者信服。他必须用行动证明自己。你有时可以设计巧妙的并列关系来反转人物之前的做法。如果他曾特地走到行乞者面前对他说刻薄的话，在小说结尾，他或许可以给行乞者买一顿饭。

## 冲突

冲突是件坏事，世界和平才是人类的终极诉求；一个人如果在小时候就欺负弟弟，长大了肯定是恶棍：这都是谁说的？

反正不是作家。

只要你记得在小说中加入少许冲突，就算你打破了其他所有规则，你依旧可以创作出优秀的作品。如果你能在作品中加入一大汤匙或两大汤匙的冲突，那就更好了。令人叹息的是，许多经验不足的作家都忘了在小说中融入冲突。我编辑过不少未能出版的作品，常见的一大问题就是缺乏冲突。这些作品中，人物在书页上漫无目的地游走，人物之间缺乏交流；他们所遭遇的阻碍，除了自身枯燥的世界观以外，罕有他物。倘若缺乏冲突，小说的人物、情节、文笔再好，读者也会觉得无聊，哈欠连连的。

事实很简单，小说是基于冲突的。如果主要人物间缺乏冲突，如果故事里没有战争，如果外星人一直低调地待在自己的星系里，那小说恐怕是好看不到哪里去的。如果伊丽莎白和达西一开始就处得来，我们又何从体验机敏幽默的《傲慢与偏见》(*Pride and Prejudice*) 呢？如果南方与北方可以握手言和，郝思嘉又何须逃离炙热的亚特兰大呢？如果火星人可以一直安心地待在火星上，奥逊·威尔斯（Orson Welles）又是何以通过广播剧《世界战争》(*War of the Worlds*) 吓倒成千上万的人，蜚声海外的呢？

可见，冲突是小说中最重要的成分。问题是，作家应怎样制造冲突？

幸运的是，这一工作既简单又有趣。当你知道了人物的动机、愿望和目标时，制造冲突不过是在人物与目标之间添加障碍罢了。我们作家真是刻薄。按理说，人物是我们自己塑造的，他们于我们就如同家人和朋友一样，我们理应对他们有深厚的情感，然而，日复一日、页复一页，我们所做的不过是阻止他们实现愿望和令他们痛苦。老实讲，我们还有些享受这一过程。

早晨刷牙，面对镜中的自己，我们竟还笑得出，我们不应为自己变态的行为感到羞愧吗？道理非常简单，如果我们为此感到愧疚，我们的人物就没有必要存在了，我们也成不了作家。小说的驱动力源于冲突，而冲突的驱动力则源于挫折。每当人物（及读者）觉得胜利在望时，作家就要想方设法让他的希望落空。（都说作家容易同主人公产生心理认同，但事实上，我们总站在反派人物的阵营里，为他出谋划策，帮他击败主人公。）在惊险小说和情节驱动型小说中，挫折显然是必要的，人物要时刻处在危机感之中，唯有如此才能保持小说的悬念。即使是温暖的浪漫小说或优雅的文学小说，挫折也是必要的。

怎样才能让作品的冲突更激烈，更吸引读者呢？

● **提防拖沓的情节。** 如果你发现人物的生活快乐美满、安静祥和，那说明他经历的挫折太少了。如果你不是在刻意描写暴风雨前的宁静，那就避免安静快乐的场景，这不仅会破坏小说的戏剧性，也会让小说变得无趣。

●**对人物而言，他所能遭遇的最糟糕的事是什么？设法写出十种可能**。快速写下你的想法，不要理会它是否靠谱。如果你写出十种可能后，依旧找不到可行的方案，那就再写十种。只要你能让人物的生活充满不确定性，读者自然会被书中的悬念所吸引。

●**一张一弛**。不要光记着制造冲突，却忘了调整其强度。再惊险刺激的竞技、追击、枪击场景，也不能一味持续下去，你肯定要在其中穿插相对平和的情节，否则读者会厌倦的。挫折并不等于红色警报，它也可以是耳边烦人的嗡嗡声。

●**对人物遭遇的挫折进行评估**。浏览提纲，记录人物在每个场景遭遇的挫折。如果你找不到挫折，或认为挫折过小，那就翻出之前列出的十种可能，将它们修改得更具挑战性。

不论你选择何种体裁，挫折都是让人物与读者保持警觉的关键。如果我们要满足读者的愿望，我们就必须否定人物的愿望。生而为人，我们都或多或少地经历过苦难，从生活中寻找素材并将其运用到小说之中并不难。不过，为了以防万一，我在下面列了几项建议。

## 人物冲突

要想在小说中融入冲突,制造人物冲突是最便捷的方式(通常也是最好的方式)。人与人之间的交流是小说的核心内容,通过人物碰撞,往往可以产生最自然、最有趣的冲突。但请记住,人物间爆发冲突,必须有切实的理由。比方说,在小说的前三分之一部分两人都相处融洽,如果要让他们突然大打出手,你就必须给出合理的解释。如果两人天生就是宿敌,那自然另说。要制造人物冲突,最直接的方式就是创造一个大反派,将他塑造为邪恶的化身,他存在的目的就是让世界混乱、让主人公受挫。不过,你也不要忽略了次要人物,他们可以帮助你在小范围内制造冲突。奇幻小说作家珍妮丝·哈代(Janice Hardy)将这样的次要人物称为"迷你反派人物"。[1]总之,让你的主人公寸步难行就是了。如果一个次要人物总是在迎合主人公的需求,你大可以丰富一下他的人物形象,给他注入反叛的基因,让他在读者意想不到的时候跳出来。

达芙妮·杜穆里埃(Daphne du Maurier)的《海滨之屋》(*The House on the Strand*)是一本以时间旅行为题

---

[1] 珍妮丝·哈代(Janice Hardy):《不是对手的坏人们》(*Bad Guys Who Aren't the Antagonists*),http://blog.janicehardy.com/2010/02/you-got-ta-have-enemies.html.,2009(02)。

材的小说。这本书妙就妙在没有所谓的大坏蛋，小说的多数张力并非源自残酷的大反派，而是源自主人公的妻子。主人公通过服用实验药品进行时间旅行，他想隐瞒这个秘密。他的妻子则希望他离开英国，接受美国的高薪工作并和性格古怪的教授断绝往来。至于这名教授，他不仅是主人公多年的老好友，更是药物的发明者，她自然不知道这一点。她所要的是一个有责任感的丈夫。他们就这样爆发了不少冲突。

反派人物存在的意义，并不一定是取主人公的性命。只要一个人物阻碍了主人公目标的实现，我们就可以称之为反派人物，不论这目标是拯救世界还是点一杯拿铁咖啡。主人公与目标之间的障碍越多，小说的冲突就越激烈，小说的张力也就越强。

### 意料之外的情境

很多小说的前提都基于意想不到的情境。C. S. 路易斯（C. S. Lewis）的《狮子、女巫和衣橱》（The Lion, the Witch, and the Wardrobe）中，佩文西兄妹就一不小心掉入衣橱，误打误撞进入了纳尼亚世界；J. G. 巴拉德（J. G. Ballard）的《太阳帝国》（Empire of the Sun）中，上层社会出身的小男孩吉姆·格雷姆就不幸沦为日军战俘营的阶下囚。就算你无意将意外运用到极致，你也可以创作与人物意愿、价值观相悖的情境或关系，从而在小说中融入意料之外的情境。如果你的女主人公惧怕当众演讲，为何不把她放到一个场合里，让她非讲不可呢？结果只有两种可能，她要么垮在重压之下，要么迎难而上。不管她做了何种选择，读者都会感兴趣的。

**惊险刺激的情节**

如果小说人物一路畅通无阻，从未经历过风浪，从未体验过心碎，读者是不会感兴趣的。你要让人物的生活变得支离破碎，让他们因生活的重压而痛苦。当形势看起来不能更糟的时候，你要狠下心来，火上浇油。

要想让小说变得惊险刺激，增加时间的紧迫感是最简单的方法之一。你的主人公可能有一个宏大的目标，但如果他时间充裕，充裕到他可以优哉游哉地实现目标时，读者难免会觉得枯燥乏味。因此，你要设置截止日期，如果他们无法按时完成任务就要接受惩罚。为了吸引读者的注意力，你必须提升任务的难度。《纳瓦隆大炮》（*The Guns of Navarone*）是一部二战题材经典电影，由杰李·汤普逊（J. Lee Thompson）执导，这部电影将时间的紧迫感渲染到了极致。电影中，主人公们临危受命，被派去摧毁德军碉堡的两门大炮，这无疑是自杀式的任务。一开始，他们就时间紧迫，如果他们不能在几天内完成任务，受困于克罗斯岛的两千名英军将士以及去营救他们的海舰将全军覆灭。情节已经够紧张了，但编剧卡尔·福曼（Carl Foreman）依旧不依不饶，在他的设计下，电影过半，一名主人公负伤，半数供给被毁，并且队伍还接到了一道新命令：截止日期整整提前一天。任务本来就危机四伏，到电影中途，主人公们更是看不到任何希望。导演就这样抓住了观众的注意力，让所有人的眼睛都紧张地注视着荧幕。

人物的目标，不论是去摧毁敌军基地，还是去杂货店购物，都应有截止日期。一旦有了期限，小说的节奏感就会提升到另一个层次。如果你本想构思时间跨度几周的小说，试着将它缩短到数天，要让人物与读者都听到"嘀嗒嘀嗒"的倒计时声。

**内在冲突与外在冲突**

为了塑造丰满、令人难忘的人物形象，小说应同时具备内在冲突与外在冲突。如果每个场景都具备两种冲突，作家就可以同时推进情节与人物的成长。也就是说，除了外在冲突（不论是家庭危机还是第三次世界大战）外，人物内心舞台的冲突也必不可少。每个场景都应包含外在冲突（人物为应对冲突所采取的行动）与内在冲突（人物因事件所产生的心理波动）。不论缺少哪一个，小说在冲突上都是有所欠缺的。

将外在冲突与内在冲突结合在一起，有以下好处：小说冲突将更加多样，小说情节将更加惊险刺激，小说结局将更具说服力。最具感染力的小说，其外在冲突与内在冲突往往会碰撞在一起，同时达到高潮。2003年版的《彼得潘》(*Peter Pan*)就是一个范例。电影中，外在冲突的高潮是彼得潘拯救温迪和迷失的孩子并和虎克船长决斗，这本身就为观众带来了惊险刺激的情节和不错的观影体验。不过，如果电影止步于此而不涉及彼得潘的内在冲突的话，电影终究逃不过单薄二字。

2003年版中，彼得潘迫于外在冲突，在不得已的情况下和内心的恶魔展开了较量，他甚至因此走向了崩溃的边缘，但他最终征服了自己并战胜了虎克船长等海盗。电影中，两种冲突互为补充，共同谱写出令人难忘的结局。外在冲突为内在冲突提供了惊险刺激的背景，内在冲突则为外在冲突提供了深刻内涵，它们携手讲述异常精彩的故事。

**平衡**

每个场景都应含有一定的冲突，但同时，对冲突进行整体把控也非常关键。小说的开头必须含有一定的冲突才能抓住读者的眼球，之后，作家则需要逐步深化冲突以保持读者的注意力。但如果作家一开始就将所有的苦难、挫折抖出来，小说的结尾就会出现无挫折可写、无墨可用的情况。正确的做法是一步步铺设线索、制造张力，逐步将小说推向高潮。

小说讲究平衡二字。故事少了冲突就犹如露水之挥发，平淡无味。不过，如果一部小说从来不给人物（或读者）喘息的机会，这也是一种无趣。我们必须学会调整冲突的节奏，让人物有机会去歇息、去理清头绪，从而迎接下一次挑战。小说中，大大小小的冲突都要有。我们要创作各种色彩、形式、规模的冲突，将它们混合在一起，这样，人物和读者就不知道下一幕会发生什么了。

忘记和平主义者的箴言（妈妈的话自不必说），用心去书写冲突。和平与宁静是无法成就作家的。

## 主题

主题的概念并不好把握。多数作家认为，如果一个人刻意雕琢主题，所写出的会是拙劣的伊索寓言。但是，缺了主题，一部小说至多是浅薄的消遣甚至是一堆不切实际的胡话。一部令人印象深刻的小说，最重要的层面往往是它的主题。生动的人物形象、风趣的对白、巧妙的情节转折都可以成为一部小说的亮点，但没了主题，单靠它们，作者无法写出深刻作品。

如今，人们普遍认为，小说的功能是娱乐而非说教，小说不是我们散播宗教、政治、社会或哲学观念的演说台，说教只会糟蹋小说、疏远读者。不过，具有讽刺意义的是，许多世界名著都有明显的道德寓意。我们喜欢那些可以挑战我们、启迪我们的小说。阅读是为了好玩，但许多人也希望通过阅读学习、成长并拓展视野。唯有真正坦诚的小说，才有可能达到这种深度。要写出这样的作品，作家必须在纸上和读者坦诚相见，他要写出自己最真挚的信仰、最深刻的人生感悟。

作家最珍贵的天赋莫过于他独特且自成一体的世界观。剥去小说的层层外衣后，我们会在小说的核心找到作家的观点。他可以巧妙运用各色装束包裹自己的观点，如多种人物形象和不偏不倚的对白。但是，如果他打心底里不愿意同读者分享他的世界观，他写出来的不过是一摞废纸罢了。

这是否意味着我们要站在演讲台上高谈阔论，向读者灌输我们的观念呢？当然不是，读者最讨厌那些自以为是的作家了。借由小说传递信息，并不意味着我们要明晃晃地将自己的观念或信条和盘托出。我们要做的是选取自身坚信的主题，塑造多面的人物形象，让他们和我们一样，在生活的灰色地带里挣扎；同时，雕琢好情节，提出尖锐的问题。有句话说得好，小说家的任务不是解答问题，而是提出问题。

有时候，人们害怕在写作中过多地暴露自己。但坦率讲，如果连这个都要担心，当初又何必选择写作这条路呢？小说不就是窥视他人的内心与灵魂吗？不论有多少人读你的小说，两个也好，两百万个也好，你的小说都是对世界的馈赠，你要让它变得值得分享。列出你所在意的主题、议题及信条，它们应是你愿意为之奋斗、为之牺牲的。如果你的小说中找不到一条你所列的内容，问问自己：我为什么没写呢？

**用人物凸显主题**

如果你在主题上用力过猛，你的说教很可能会吓跑读者。但如果你完全摒弃主题，你很可能会因此消除了小说的生命力、心跳与意义。作家应如何处理这一难题呢？

我们都知道，人物是解决诸多小说症结的突破口，主题亦是如此。人物是让小说主题鲜活起来的关键。小说结尾，你的人物所得到（有时未能得到）的认知即主题。最好的主题会毫不费力甚至不留痕迹地从人物的行动中体现出来。

约瑟夫·康拉德（Joseph Conrad）的长篇经典《吉姆爷》（*Lord Jim*）讲述了一名年轻水手的故事。吉姆一直无法摆脱自己的懦弱行径，事实上，我们可以将小说的主题概括为"背叛的回响"。从吉姆最初的行动（船只即将沉没时，他救了自己，却抛弃了乘客）到他之后的一系列举动（他在羞愧中逃离，之后隐居到了印度尼西亚的小岛上。他最终认识到了自己过往的错误，当小岛陷于危难时，他不再选择苟活），我们都可以读出这一主题。因此，不会有人将康拉德的观点看作牵强的说教。可以说，这一主题处于小说的核心。没了主题，《吉姆爷》不过是一部冗长的游记，没人会记得吉姆这个无名小卒。

清晰的人物轨迹是塑造深刻主题的关键。从激发事件到高潮，人物所经历的变化决定小说的主题。不过，变化务必符合人物脾性。吉姆每时每刻都在为自己在帕特纳号上的行径忏悔——这与他理想主义者的形象密不可分——倘若康拉德没有如此塑造吉姆，他最终选择同小岛共命运就会显得做作,他的转变也会显得刻意和虚假。这样的话,读者就会为康拉德戴上说教的帽子(这是作家最害怕的罪状),《吉姆爷》也难以成为经典。

### 如何发现你的主题

你应如何操作主题呢?或许,更好的问题是:你是否应该操作主题?许多作家在写提纲和初稿时,都会避免刻意构思主题。他们开始创作时,脑海中并没有具体的主题。往往小说过半,他们才欣喜地从人物的言行或举止中找到主题的线索。

我倒是没有如此处理过主题。事实上,从一开始,我就会睁大眼睛努力寻找主题的线索。但话说回来,我承认,要想抓住虚无缥缈、稍纵即逝的主题,最好的方法莫过于全身心地投入到人物的塑造中去。通过刻画真实的人物形象,通过描绘他们所经历的考验,你将抓住主题的线索。

有了提纲,你就可以在写初稿前了解小说的结局。你可以一眼看出小说的情节与人物的轨迹,这样,你就可以尽早确定小说的主题。大多数小说都有多个主题,为了发现并强化小说的核心主题,你要向自己提出以下问题:

- 主人公的内在冲突是什么？一般而言，我们要在提纲的创作初期解决这一问题，因为主人公的内在冲突往往会推动整部小说的发展。
- 随着小说的发展，主人公的哪些观念发生了变化？它们是如何改变的，为什么？这一问题下掩藏着主题的真正动力。人物的观念将决定人物的行动，人物的行动则会决定小说的走向。
- 在小说的开头与结尾，主人公如何证明自己前后不同的观念与态度？这是上一个问题的延伸。我们之前有讨论过人物成长轨迹，这一问题之所以关键，是因为它会向读者证明人物的变化。
- 你能否通过象征的手法强化主题并说明人物对它的态度？和主题类似，象征说多了也会丢失味道。好的象征往往是潜意识的自然流露。如果你发现自己在写作中频频使用某种颜色或图像，你应停下来问问自己：这一象征是否可行？如果可行，你应该回过头来完善它。(参考下文的"如何通过象征强化主题"。)
- 你应如何通过潜文本（未言明的文本）印证主题，以避免将其生硬塞给读者？谈及主题，含蓄的表述方式总是比直白的高明，正所谓"不著一字，尽得风流"。生活中，就算我们明白了某些道理、改变了某些观念，也很难用言语清楚地表述出来。小说人物亦是如此。吉姆无需解释他留在岛上的动机，通过潜文本我们就可以清楚地想起他之前的懦弱行径。

倘若康拉德解释了，那就真的是画蛇添足了。

解决了这些问题后，你的提纲中应该新增了不少有趣想法。我在下面摘录了当初创作《梦境者》的成果。

**弱点**：克里斯自私自利，没有责任感。他的生活就是寻找所谓的冒险，他可不会在意自己是否会伤害到别人。

**他都伤害了哪些人？** 他的父亲、乔、无辜的路人、布鲁克、丽萨以及迈克。

**他想要什么？** 克里斯想摆脱自己的梦境。

**他需要什么？** 为自己的行动负责，为他人的利益牺牲自己。

**他最初的世界观是怎样的？** 人们都在推卸责任，人们都在伤害你，生活离灾难仅一步之遥，既然如此，何不及时行乐呢？兴奋可以抹除痛楚，给你活着的感觉。如果你从未有过责任感，别人自然不会在你身上期待它，你也不会因缺乏责任感而伤害到他人。（潜意识深处，他生怕自己会伤害到他人，但他永远不会告诉你这些。）

**他最初错在哪里？** 在他看来，逃避责任是避免伤害他人的最佳方式。他还认为，要想有活着的感觉，就得不停地冒险。

**他最终学到了什么？** 为自己的行动负责，突破自我意识的藩篱，服务他人。

**主人公的核心问题**：认识到承担责任并非轻佻的许诺，而是触及灵魂的承诺。

**主题导向**：一名没有责任感的青年意识到自己的行动可能会危及两个世界，他由此逐渐学会了承担。

**主题**：人之为人，必须为自己的行动负责，即使这意味着失去你所珍爱的一切。

## 如何通过象征强化主题

要在小说中恰如其分地使用象征，可能比你想象的还要难。小说中，好的象征都是不留痕迹的，这也是其难点。痕迹过重的象征会显得笨拙、古旧，比方说，战争电影总是用美国国旗来象征某种鼓舞。我们对类似国旗的象征非常熟悉，甚至会不自觉地使用它们以调动读者情感。春天就是一个例子，它在文中时常象征新生、救赎与复活。

最具特色、感染力的象征并非刻意雕琢的结果，相反，它应是小说的有机组成部分。罗兰·艾默里奇（Roland Emmerich）于 2000 年执导的《爱国者》（*The Patriot*），影片中就巧妙运用了象征的手法。梅尔·吉布森（Mel Gibson）在影片中扮演种植园主本杰明·马丁，他的儿子惨遭英军上校杀害，之后，他从熊熊燃烧的房屋中抢救出了儿子的小兵玩具，将玩具融化后，他用里面的铅制成了子弹。小兵玩具的形象贯穿电影始终，从中我们可以体会到角色的失落、悲伤、愤怒与憎恨。他的种种情感最终划归为一种愿望：为儿子的理念而战。

小兵玩具本身就是一种象征。不过，全片的点睛之笔则在影片的高潮之前。马丁奔赴战场前夕，用最后一个小兵制成了最后一枚子弹，他将用这枚子弹射杀自己的对手。这一幕将象征的手法运用到了极致，它从小说的情节中生发而出，有力而不明显，微妙而不含混。

象征的妙处在于它可以通过细节与重复来深化主题。库尔特·冯内古特（Kurt Vonnegut）的反战小说《第五号屠宰场》（*Slaughterhouse-Five*）多年来备受推崇。小说风格奇异，并无繁复的修饰，它所呈现的是朴素的本质，其中，最引人注目是作家对意象的重复。几个词语与图像在书中反复出现，时而是直白的重复，时而是微妙的强调，当中有着诗一般的韵律，读者阅读后自然会对书中的意象印象深刻。书中反复出现的词语有：令人感到冷意的"蓝色与乳白色"，令人难以忍受的"芥子气与玫瑰"，以及众所周知的短句"就那么回事"——它以独特的方式强调了小说中的种种惨剧。

也有人批评冯内古特，称他对某些词语的使用过于频繁，以致牺牲了象征的微妙性。不过，他的作品确实说明了一个道理：如果我们能精心挑选几个极具感染力、令人难忘的词语，并适当加以重复，我们就可以深化小说主题，帮助读者超越意象的表面含义，从而发现其内涵。

没有主题的小说相当于没有牛奶的冰淇淋。主题必须是小说的有机组成部分，否则无法奏效。同小说的其他要素一样，主题也是一门艺术，值得我们花心思研究。如果在提纲初期，你就可以对小说的主题有所把握、将小说的框架打造得更牢固，这样等你创作初稿时，人物、情节、主题就可以各司其职，共同唱出美妙的和声。

## 第五章节清单

√ 确认人物的动机、愿望及目标。
√ 思考如何令人物受挫，如何阻止他实现目标与愿望以制造冲突。

√ 列出主人公所面临的障碍。
√ 找出小说的多个主题,选出最重要的一个,并思考如何在小说中凸显这一主题。
√ 处处留心,寻找可用的意象,以象征的手法强化主题。

## 作家访谈：约翰·罗宾孙
## （John Robinson）

**简介**：罗宾孙著有乔·波克索（Joe Box）推理系列小说及惊险小说《回家》(*Heading Home*)。在格洛列塔举办的全美顶级作家研讨会上，他教授过三年小说创作。详情请登录 johnrobinsonbooks.com。

**你是如何写提纲的？**

我的提纲并不长，一般来说，几张黄色信笺纸就足够了。我所写的多是"主要情节点"，这样我之后的创作就有框架可循了。至于次要情节和人物，他们会在创作中自己出现的。有时，他们还会带上小礼物。

**你认为写提纲的最大好处是什么？**

我可以从全局把握小说，从而避免在创作中掉入泥沼或走进死胡同。

**你认为写提纲的最大隐患是什么？**

将提纲写得过于冗长详细以致榨干了小说的生命力。

几年前，我参加过一次作家研讨会，一位知名作家在会上谈及自己的经历，纽约的出版公司要求他为下一部小说写长达四十页的提纲。四十页！什么概念？此时你早就该动笔写初稿了。

**你有推荐过不写提纲吗？**

我有过一次不写提纲的经历，结果一点都不好。我写了足足两小时，然而，盯着纸张上的内容，我什么头绪也理不出。对我而言，提纲或许是必不可少的，它除了充当地图外，还可以做我的GPS定位系统。没有提纲，我就如同在陌生城市的单行道上开夜车一样，而且还是在路况最糟的地方。我可不想重温这场噩梦。

**你认为写好提纲的关键是什么？**

下定决心，卯足干劲，把提纲写出来。写提纲相当磨人，其难度不亚于背乘法口诀。大家都知道这是件苦差，不过，只要你完成了这项任务，之后你就可以放飞想象力自由创作了。

幕后故事不应终止在小说的起点，相反，它应一直存在于小说的表层之下。如果你能将它刻画得足够精彩，它将成为小说的闪光点。[1]

　　　　　　　　——宝琳·基尔南（Pauline Kiernan）

---

[1] 宝琳·基尔南（Pauline Kiernan）：《人物背景创作——让你的情节更动人》(Character Backstory Screenwriting—Make It Power Your Emotional Plot)，http://www.unique-screenwriting.com/character-backstory-screenwriting.html。

# 第六章　人物速写（Ⅰ）：探索幕后故事

通过小说示意图，你对小说的轨迹与情节已有所了解，并且也填补了情节的明显漏洞。接下来，你的工作是人物速写，你应从幕后故事切入。海明威（Ernest Hemingway）曾说过，冰山之所以高贵，"是因为水面之上，只有它的八分之一"。[①] 事实上，他所强调的是未讲述的故事。水面上的冰山在阳光下显得格外耀眼，但水面下的八分之七才是其根基所在，这八分之七常常由幕后故事组成。

幕后故事，顾名思义，指小说背后的故事。它发生

---

[①] 海明威（Ernest Hemingway）：《午后之死》（*Death in the Afternoon*），154页，纽约：斯克里布纳出版社，1932。

在小说之前,是人物一切抉择与动作的源头,关乎小说的发展与情节的连贯,而且今天的叙事潮流推崇从中间开始讲故事。在这一背景下,深刻完整的幕后故事同小说中呈现的故事同等重要。

到了提纲的这一阶段,你应对小说的主要情节有所把握。你了解主要人物及其渴望,清楚他们为了实现目标应完成哪些任务,但他们过去是怎样的?他们如何才能成为你所希望的样子?如何解答这些问题,此时,你的脑海中恐怕还没有清晰的答案。

要想让读者阅读你的小说,你首先要探清小说的来龙去脉。我写幕后故事,就是为了更精准地把握小说的走向,这一过程总会带给我惊喜。你会发现,幕后故事是有生命的,它将转变你对小说的粗浅认识,让你发现其深度。海面上漂泊的不起眼冰块,就这样变成了赫然耸立的冰山。

有了幕后故事,我们就可以找出人物的动机。

●彼得·维京总是无法超越自己的弟弟,这激发了他的愤怒与野心。(奥森·斯科特·卡德,《安德的影子》系列)

●本杰明·马丁早年曾参与殖民扩张,自此以后他对战争深恶痛绝。美国革命爆发后,他自然不想卷

入其中。（罗兰·艾默里奇，《爱国者》）

● 约翰是一名英国教师，他同一名法国人长得一模一样。法国人设计将自己的身份塞给了约翰，他就这样成了另一个人。小说中，约翰之所以能接受自己的新身份，是因为他早就受够了之前百无聊赖的生活。[达芙妮·杜穆里埃，《替罪羊》(The Scapegoat)]

有时，幕后故事甚至会占据小说的主导地位，比如米莱娜·麦克洛的《敦刻尔克之后》和奥德丽·尼芬格（Audrey Niffenegger）的《时间旅行者的妻子》(The Time Traveler's Wife)。

要想丰富小说的层次，让小说有深度，就不能放过人物的任何死角。你不能满足于人物在小说中的举动与目标，你要学会挖掘他们的过去：他们的父母、他们童年的玩伴以及他们所经历的转变。如果你的主人公是一名警官，那就打破砂锅问到底，找出他成为警官的理由。如果你的女主人公有一道伤疤，那就弄清它的来历。

**以激发事件为跳板**

应从何处切入幕后故事呢？当然是起点。人物出生在何处？他的父母是谁？他童年的哪些经历塑造了他的三观？这都是极自然的问题。但有时候采取同直觉相悖的策略，我们的思路反而会更清晰，我们对幕后故事的探索也会更顺利（我们将在第九章的"逆向提纲"部分进一步讨论这一点）。因此，你可以尝试越过起点，直接将目光聚焦于幕后故事的终点：激发事件。

激发事件意味着人物将经历天翻地覆的变化。它打翻第一张多米诺骨牌，一连串不可逆转的事件接连发生，最终带领人物走向情节的高潮。激发事件会对人物产生不可磨灭的影响，而激发事件则由幕后故事自然引发。从激发事件入手，探寻人物过往的宝藏，我们的思维会更清晰，因为我们知道自己该问什么，比如：

- 激发事件的种子埋藏在他过往的哪些经历中？
- 人物如此应对激发事件，与他的哪些经历有关？
- 激发事件会因哪些遗留问题变得更加棘手？

**发挥激发事件的最大功效**

在回答上述问题前，我们先一起思考如何创作出色的激发事件，一个能帮助我们推动情节与人物发展的激发事件。

## 什么是激发事件？

悬疑畅销小说作家詹姆斯·斯考特·贝尔（James Scott Bell）曾将激发事件比作门："关键是要问自己，主人公能否从情节中顺利脱身，继续过他从前的安稳生活？如果答案是肯定的，那说明你还没有踏入那扇门。"[1]

## 什么不是激发事件？

激发事件前，也可能上演重要场景。以雷德利·斯科特（Ridley Scott）2000 年执导的《角斗士》为例，罗马皇帝马库斯·奥里利乌斯的离世是影片的激发事件。但在此之前已发生了几幕重要场景，如皇帝提出由主人公继承皇位，这些场景固然重要，但它们并未颠覆主人公的世界。

## 激发事件应在何处上演？

一般而言，激发事件应安排在小说的四分之一处或之后。留够足够的篇幅，你才有可能以合适的节奏介绍人物、其个人困境及其日常生活。这样，读者就容易同人物产生认同感，当激发事件来临时，他们才能感到事

---

[1] 詹姆斯·斯考特·贝尔（James Scott Bell）:《结构的秘密》（Structure Secrets），19 页，载《作家文摘》，2003（10）。

态的紧急。《角斗士》中，观众先看到的是开场的战斗以及主人公同皇帝等角色的往来，等观众熟悉了主人公的日常生活后，激发事件才隆重上演。

**好的激发事件是怎样的？**

激发事件同小说一样，形式多种多样。激发事件并不等于撕心裂肺的惨剧，你可以不安排挚爱离世的桥段。事实上，它可以非常简单，如搬到新的城镇［伊丽莎白·盖斯凯尔（Elizabeth Gaskell），《南方与北方》（*North and South*）］、从事新的工作［亨利·金（Harry King）执导的《晴空血战史》（*Twelve O'Clock High*）］、遇到某人［詹姆斯·费尼莫尔·库柏（James Fenimore Cooper），《最后的莫西干人》（*The Last of the Mohicans*）］或购买一只宠物［约翰·格罗根（John Grogan），《马利和我》（*Marley & Me*）］。激发事件能否成功，不取决于其大小，而是取决于以下特质：

● **直接影响之后的情节**。抢劫银行可能会改变人物的生活，但是，如果没有抢劫案，之后的情节依旧可以上演的话，它就算不上激发事件。《角斗士》中，皇帝离世后，他的儿子继承了皇位。他残忍无能，并对主人公心怀怨恨。主人公就这样成了帝国的敌人，无奈之下只能选择逃离。后来，新皇帝重新启用了斗兽场，主人公成为了其中的一名角斗士。

- **制造冲突**。多数人都难以适应变局，事实上，我们甚至会抗拒它，这是因为它常常会引发冲突。激发事件所带来的变化越大，冲突就越激烈，故事也就越精彩。《角斗士》中，皇帝离世引发了一系列事件，它们无一不加深了主人公与反派人物之间的矛盾。多米诺骨牌一个接一个地倒下，两人的恩怨最终衍化为波及整个帝国的冲突。
- **抓住读者的注意力**。激发事件作为小说的轴心，必须足够特别。一部小说能否吸引读者，在很大程度上是由激发事件决定的，因此千万不要满足于平庸的想法。《角斗士》中，儿子在泪水中杀害了自己的父皇。这一幕令人震惊，它不仅吸引了观众的注意力，还引发了其对人物的思考。
- **引发动作**。人物光是下定决心采取行动还不够，只有他真正行动了，才能带来不可逆的变化。《角斗士》中，主人公拒绝侍奉弑父的凶手，他为此付出了惨重代价，不久新皇帝就处死了他的家人。

## 如何创作幕后故事

探索幕后故事,自然离不开对人物的深入挖掘。小说的幕后故事由每个人物的幕后故事组成。每个人物都有自己的生活、自己的幕后故事,但它们都应在激发事件的十字路口汇合。到了后面,你可以用下一章提到的技巧来完善幕后故事,现在准确性并不重要,当务之急是释放你的想象力,探索一切可能。拿出你的记事本和钢笔(其他工具亦可,重点是用得顺手),放松地写吧。

### 总体概述

首先,对人物进行总体概述。《守望黎明》中,我是这样概述主人公安兰的:

> 安兰是小说的主人公。他既是职业军人,又是刺客。他性格坚毅、沉默寡言;同时他又天生神力,可以凭蛮力对付三名成年男子。任何人都不能否认,安兰是一个令人畏惧的对手。
>
> 安兰如今是理查德王护卫队的一员。当初,理查德东巡,在竞技场见识了安兰的身手,大为仰慕,就将他收归麾下了。

理查德并不知道，早就有人试图收买安兰，让他刺杀理查德（或新的王后）。早在理查德的先驱队从英格兰起航前，罗德里克主教就派人游说安兰，只要他愿意刺杀国王，他就能得到丰厚的佣金。

这三段话涵盖了我当时对人物和激发事件的所有了解。我以此为基础，继续探索人物的动机，挖掘人物的历史。这一阶段，我对人物的认识相当有限。他必须做什么？怎样才能将他推向小说的高潮？我并不清楚。只有探索了他的幕后故事后，我才能真正了解他。事实证明，我之前对他的大多数认识都站不住脚，在我最后出版的小说中，基本找不到上述三段话的踪迹。他依旧"沉默寡言"，但在最后的小说中，他明确指出自己从未做过刺客。经过对安兰及其他人幕后故事的挖掘，我发现，担任过理查德王侍从的人并非安兰，而是反派人物罗德里克。至于理查德，他的戏份很少，他只在一个场景中出现过。

这再次证明了提纲的重要性。有了提纲，我们的创作得以变得无比灵活。倘若我带着对人物的一知半解去写初稿，我很可能写到一半才发现自己走错了方向。和提纲的其他环节一样，创作幕后故事时，我们可以随时调整它。我们的目的是摸清小说的每一个小巷，不遗忘任何角落。千万不要害怕调整小说，只要你有更好的想法，再大的调整都是值得的。

**探索其他重要人物**

写完总体概述后，你就可以探索人物的过去了。我通常会从人物的出生地、出生日期开始，之后则是那些对他产生过重大影响的人。他的父母是谁？他们有什么幕后故事？显然，对于这些人的幕后故事，我并没有时间和精力去挖得和主人公一样深，但他们都对主人公之前的生活产生了影响，我可不能对他们一无所知。如果他的父母本来就在小说中扮演重要角色，那就更值得探索了。在《梦境者》中，主人公克里斯的成长同他酗酒的父亲有千丝万缕的联系，因此我用了好几段话去描述这位父亲：

保罗是摩托罗拉工厂里的一名普通工人，同时还是一名小有名气的兼职作家，著有推理小说《杰克·汉森》系列。他长相英俊、性格坦率，曾是一名慈爱的父亲、一位称职的丈夫。然而，一场车祸改变了一切。他的妻子和小女儿在车祸中丧生；克里斯腿部骨折，手部被破碎的车窗玻璃划伤；克里斯的姐姐丽萨则因撞击导致了轻微的脑震荡，而保罗在这场意外中仅有几处擦伤。

自此以后,保罗就酒不离手。工作上,他三天打鱼两天晒网,就差被开除了。克里斯上高中后,就搬去丽萨家住了。姐弟二人均与父亲不和。但他从来都不是一个惹人厌的家伙,他只是无法摆脱自己的愧疚感因而借酒浇愁罢了。

主人公同兄弟姐妹及其他重要人物的关系,也不能忽视。安兰年轻时,对他影响最大的人就不是他的父亲而是他的师父威廉勋爵。一个关系究竟要挖多深,取决于它在小说中的分量。如果某个幕后故事能帮助你找到过去的关键事件及人物的动机,那它自然值得你细细挖掘。

## 探索人物的教育、职业及旅途

人物过着怎样的生活?他的教育背景是怎样的?他从事过哪些职业?他去过哪些地方?

这些问题的答案是我们了解人物过往经历的重要途径。探索克里斯的幕后故事时,我发现他曾在国际杂志社做驻外记者,因工作关系他经常出国,这也帮他摆脱了父亲。在安兰身上我也有不少新发现,其中有一点尤为重要,他年轻时曾在修道院生活过。事情是这样的：

>安兰当年和哥哥比武，失手杀掉了嫂子（她当时还怀有双胞胎）。他悲痛欲绝，为了赎罪，他成了一名苦行僧。他的父母和哥哥并不赞成，他们希望安兰可以成为一名骑士而非僧侣，他的师父威廉勋爵更是对他的决定感到失望。但他依旧去了修道院，并斩断了同他们的一切往来。

写安兰的幕后故事前，我并不知道这段修道院的经历，但它最后却成为了小说的关键，彻底改变了我对人物和情节的理解。

## 探索人物的大事件

幕后故事中的每个细节都是有价值的，可以帮助作家更好地理解人物与情节，但真正值得关注的是人物过去的大事件：那些足以改变他们人生轨迹的事件。它们对人物的影响或好或坏，但都会在人物身上留下难以磨灭的印记。

一般而言，我至少可以在幕后故事中找到一块点金石，它能加深我对人物的理解。《梦境者》中，点金石是那场令克里斯家分崩离析的车祸；《守望黎明》中，点金石是安兰在修道院的经历以及他从中得知的秘密。你所要寻找的，正是这样的宝藏。你对幕后故事挖得越深，你找到宝藏的可能性就越大。因此，不要满足于简单的流水账，如："萨姆出生于马萨诸塞州。他高中时遇到了自己的心上人。大学毕业后，他们结了婚，并育有两子。他现在是一名会计。"这样的幕后故事，永远无法加深你对人物和情节的理解。

我的幕后故事往往和我的小说一样复杂详细。当然，最后只有一小部分幕后故事可以出现在小说里，但丰富的背景信息可以为小说提供深厚的根基。并且，那些散落在小说中的幕后故事将成为小说的闪光点。

**正确使用幕后故事**

好的幕后故事绝不会拖小说的后腿，它只会推动小说的发展。很多人无法正视幕后故事的价值，是因为他们无法正确使用幕后故事。身为作家，我们不应低估每一项小说技巧的价值，但也不能过度使用它们以致喧宾夺主，影响了小说整体。幕后故事并不是随意安置的，在小说中自有它应出现的场合和时机。有时候，作家自己知道幕后故事就足够了。

我们很容易一厢情愿地认为，读者和我们一样期待人物的幕后故事。但事实上,读者唯一感兴趣的是接下来会发生什么。比方说,人物六岁时,他的猫不幸被困在了树上。如果这一幕对后续情节没有影响,读者根本不会在意它。因此,你应如何描写树上的猫才能引起读者的兴趣,让他继续读下去呢?

我们只需重温大仲马(Alexandre Dumas)的经典作品《三个火枪手》(*The Three Musketeers*)就可以得到启示。阿多斯是三个火枪手的实际领袖,他有一个不为人知的惊天秘密,这秘密既阴暗又迷人。读者希望尽快得知秘密的内容,但小说过了将近一半的时候,大仲马才揭示了这一秘密。谁都不能否认,大仲马选择了最为动人的时刻;同时,他以简明的对话揭示了阿多斯的秘密,丝毫没有破坏小说的节奏。

大仲马对幕后故事的巧妙应用,对我们有以下两点启示:

- 尽早提供线索以暗示幕后故事的存在,但请等到最后一刻再揭示它。也就是说,等小说缺它不可的时候,再让它出场。
- 简洁有力地勾勒幕后故事,篇幅越短越好。大段的回忆场景只会打断小说的节奏。

弗雷德·金尼曼(Fred Zinneman)执导的经典西

部片《正午》(*High Noon*) 也巧妙运用了幕后故事。电影中，丰富复杂的幕后故事恰到好处地推动了情节发展而又不至于喧宾夺主。影片对我们有以下两点启示：

- **我们必须赋予人物幕后故事**。电影中，每个角色都与主人公有千丝万缕的联系，其中自然包括反派人物。他回来复仇的理由，也要从幕后故事中挖掘。
- **有时，与其直白地说出幕后故事，不如暗示它**。电影没有直接讲明主人公威尔·凯恩与其他重要角色的关系，它只在合适的时机告诉我们需要知道的内容。你会发现，电影中并没有大量的回忆镜头。导演如此处理，既可以逐步丰富电影角色，又不至于打断电影情节。

第一章前发生过什么？幕后故事的存在就是为了回答这一问题。幕后故事并非我们要写的小说，沉溺于它只会让我们偏离航线，读者的耐性也会被绕来绕去的空话消磨殆尽。你需要做的，是把时间花在刀刃上，探索水底的冰山，思考如何正确使用它以确保水面上冰山的稳定（而非将它拉下水面）。做好这一点，你之后的情节安排会顺利许多。

## 第六章节清单

√ 找出你的激发事件。

√ 写出人物的总体概述。

√ 探索其他重要人物。

√ 探索人物的教育、职业及旅途。

√ 探索人物的大事件。

## 作家访谈：朱迪·赫德伦德
## （Jody Hedlund）

**简介**：赫德伦德著有畅销历史小说《牧师的新娘》(*The Preacher's Bride*)和《医生夫人》(*The Doctor's Lady*)，曾获基督教图书奖等奖项。她本科就读于泰勒大学，硕士就读于威斯康辛大学，专业均为社会工作。详情请登录 jodyhedlund.blogspot.com。

**你是如何写提纲的？**

第一步，我会就情节展开头脑风暴。我为新书搜集素材时，会列出情节点的各种可能。我会记下一切有趣的想法。不出意外的话，我疯狂的想法可以填满好几张纸。

第二步，我会就主要人物展开头脑风暴。与情节类似，我构思新书、搜集素材时，会记下我对人物的构想。随着记事本上的笔记越写越多，人物也愈加丰满。人物成型后，我会将合适的内容誊写到人物表格上。

第三步，我会写出简要的情节提纲。我会从之前的成果中挑出重要场景，或者说重要事件，按顺序排列它们。之后，我的工作是设法将它们衔接起来。

第四步，准备就绪后，我会为每个章节写一段话。这些段落并不复杂，但足以让我看出小说的开头、中间和结尾。

**你认为写提纲的最大好处是什么？**

提纲为我的小说之旅提供了地图，我可以清楚看到旅途的目的地和沿途的重要站点。地图虽简，但它可以确保我在旅途中不迷失方向。

**你认为写提纲的最大隐患是什么？**

过于死板。知道目的地的方位，并不意味着我们必须了解旅程的每一寸土地。我们启程后要学会放手，让想象力带引我们走向新的可能。它或许会同原先的计划有出入，但它也可能会更惊险、更有趣。如果我们过于依赖提纲，不知变通，我们很可能会扼杀掉自己的创造力。

**你有推荐过不写提纲吗？**

我从未尝试过不写提纲。提纲对我而言非常重要，事实上，我发博客前也经常写提纲，这样我写出的内容才会更精彩。

**你认为写好提纲的关键是什么?**

记住情节与人物轨迹终点的同时,灵活一些。正所谓曲径通幽,有时候绕点路会更好。旅途中留心观察,或许你会发现提纲中没有的站点与景色。享受小说之旅,记录好旅程的点点滴滴。

有时候,你需要运气才能将人物写活。但我认为,如果你能在写作时走出自我,走进人物的内心、思想乃至灵魂,人物自然会成为纸张上鲜活的存在。

——尤多拉·韦尔蒂(Eudora Welty)

# 第七章　人物速写（II）：人物采访

毛姆（W. Somerset Maugham）说："作家对自己人物的了解，总是少那么一点。"① 你知道主人公眼睛的颜色吗？你知道书中坏家伙毕业于哪所院校吗？你知道女主人公最尴尬的时刻吗？你能否不假思索地说出主人公的嗜好、口头禅和浪漫史呢？

如果你不能自如应答上述问题，你很可能会在写作中错失良机，与丰满的人物形象、引人入胜的小说失之交臂。为了避免这一情况，你可以采取人物采访的形式以加深对人物的了解。我最初的采访仅有二十多个问

---

① 威廉·萨默塞特·毛姆（William Somerset Maugham）：《毛姆先生本人》（*Mr. Maugham Himself*），纽约：双日出版社，1954。

题，主要是关于人物外貌和性格的基本问题。如今，我有一百多个具体而刁钻的问题，我通过它们同人物交谈，寻找灵感。

人物采访是我提纲的重要一环。我常常需要用半个记事本回答各式各样的问题。在记事本中，我可以找到丰富的信息，涉及人物关系、信仰和秘密等。正式创作时，我会时不时地参考记事本上的答案以寻找灵感、核对信息（他妈妈去世的时候，他几岁？车祸中，他骨折的是左腿还是右腿？）。

我在下面列出了我的问题清单［我的电子书《塑造令人难忘的人物：手把手教你写活人物》（*Crafting Unforgettable Characters: A Hands-On Introduction to Bringing Your Characters to Life*）中，有可供打印的版本，你可以登录我的网站免费下载，helpingwriters-becomeauthors. com/resources/free-e-books。］。人物采访是个漫长的过程，因此，你应把主要精力放在主人公和反派人物上；有需要的话，你也可以采访一两位重要配角。这一过程将打开你的思路，你将找到许多新颖有趣的角度并走进情节的更深处。

## 人物采访

名字:

他喜欢自己的名字吗?他的名字对他有什么特殊含义?

**基本信息**

生日:

出生地:

父母:

对他们而言,什么最重要?

兄弟姐妹:

成长环境(经济/社会):

民族:

住过的地方:

现在的住所及电话号码:

教育背景:

学校里最喜欢的科目:

特长:

职业:

工资:

旅行:

朋友：

　　和谁住过：

　　和谁起过争执：

　　和谁共度过时光：

　　希望和谁共度时光：

　　谁指望着他，为什么？

　　他最崇拜的人：

　　大家对他的评价：

敌人：

恋爱，婚姻：

　　子女：

**人生观**

　　信仰：

　　他喜欢自己吗？

　　如果可能的话，他想改变自己的是：

　　他无法摆脱的心魔是：

　　他有没有欺骗自己？

　　乐观／悲观：

　　真实的／伪装的：

　　道德水准：

　　自信程度：

特别的日子：

**外貌**

    体型：

    仪态：

    头部形状：

    眼睛：

    鼻子：

    嘴巴：

    头发：

    皮肤：

        文身 / 穿孔 / 伤疤：

    声音：

    衣着：

    人们会首先注意到他的什么：

    他会如何描述自己：

健康状况（有无生理缺陷）：

**性格**

    人格类型：

    性格的坚强之处 / 软弱之处：

        他强势的一面有时反而会成为他的弱点，为什么？

    他是否自律，他的自我控制力如何？

他会因什么而愤怒？

他会因什么而悲伤？

恐惧：

　　他想避免同哪些人接触，他不想去哪些地方、哪些场合？

天赋：

人们最喜欢他的是：

### 兴趣爱好

　　政治立场：

　　收藏：

　　最喜欢的食物／饮品：

　　最喜欢的音乐：

　　最喜欢的书：

　　最喜欢的电影：

　　最喜欢的运动／娱乐活动：

　　　　他在学校里玩这些项目吗？

　　最喜欢的颜色：

　　儿时的白日梦／现在的白日梦：

　　最期待以怎样的方式度过周末？

　　他会喜欢怎样的礼物？

　　宠物：

交通工具：

口头禅/标志性动作：

  开心的时候：

  愤怒的时候：

  沮丧的时候：

  伤心的时候：

  害怕的时候：

  最常用的面部表情及手势（傻笑、皱眉头、龇牙咧嘴、手势、耸肩、眼神交流等）：

嗜好：

对什么嗤之以鼻：

什么会令他烦恼？

什么会鼓舞他？

希望与梦想：

  实现梦想后，他会如何看待自己？

他对别人做过的最糟糕的事：

最了不起的成就：

最严重的创伤：

最尴尬的事：

最在意的：

  秘密：

如果他能做成一件事，他会做什么？

他属于哪种类型的人？

你最喜欢他的哪一点？

读者为何会与他快速建立联系？

他有何平凡或非凡之处？

他的处境平凡在哪里，又特殊在哪里？

核心需求：

逸事（标志性时刻）：

过往：

你可以简洁地回答上述问题，比如，你可以在人生观后面简单地写上"愤世嫉俗"四个字。但是，如果你想放飞自己的想象力，你就得拿出记事本详细回答问题。我写《守望黎明》时，就是这么做的。下面是我对安兰"性格的坚强之处／软弱之处"及"大家对他的评价"的回答：

安兰的可贵之处在于他可以坚守自己的道德底线。他有罪，他也时而感到绝望，但他绝不会自甘堕落。他知道自己的底线，他确实多次行走于边界之上，但他绝不会越界。

他有不少弱点。他的脾气就不好，大家都惧怕他。但他有这么做的资本，他的力量本来就令人畏惧。他是冷血的杀手,但讽刺的是,他也是坚定的守护者。总之,他是一个难解的谜。他是杀手不假,但为了某些事物,他又宁愿死去;他有恨意,但他又憎恨自己的恨意;他常常为情感所支配,但他同时又是一个自我控制力极强的人。

安兰对博得他人好感毫无兴趣,他追求的是效率。不过,他偶尔也会给别人留下不错的印象,或因为他高超的武艺,或因为他高尚的品德——其中以慷慨居多。作战时,如果有他在身边的话,你肯定会安心许多。

## 自由采访

如果人物三缄其口,不愿意让你进入他的内心世界,你可以尝试自由采访。这一过程中,你不需要问前面的常规性问题,你只需和他在纸上展开对话即可。你抛出许多问题,如"你到底在想什么?"和"你为什么总是在逃避我?"不知不觉中,人物向你坦白,你听到许多意想不到的回答。下面是一个例子。

**作家**:你就不能配合一下我吗?

**人物**:你为什么总是在问愚蠢的问题?

**作家**：因为我需要你按我的指令行事。你看你，继母让你做什么，你就做什么，你总这么逆来顺受可不成。我需要你有一些反抗精神，你要勇于和恶毒的继母做斗争。

**人物**：你说得倒是轻巧。你根本不了解她，而且这根本不是逆来顺受那么简单。总得有人做家务吧，总得有人照顾她的宝贝女儿吧。如果我什么都不做，这个家就完了。

**作家**：那为什么偏偏是你独力承担一切呢？你也有你的权利。难道你的继母、妹妹们就可以什么都不做吗？她们的责任在哪里？就拿打扫壁炉灰烬来说吧，她们不应该出一份力吗？

**人物**：她们太娇贵了。

**作家**：这不叫娇贵，这叫娇惯。如果你能放手，停止包办一切的话，或许她们就可以学会担当。

**人物**：她们需要我。没有我，她们无法生存。

**作家**：她们不需要你，她们只是在利用你。

**人物**：你瞎说！

**作家**：你为什么总是希望她们需要你呢？

**人物**：因为……我不知道……

**作家**：告诉我。

**人物**：如果她们不需要我的话，她们就不爱我了！

瞧，这点是不是很有趣？你是不是更了解人物和她的动机了？

## 九型人格

塑造人物时，我并不喜欢依赖人格测验，比如迈尔斯－布里格斯性格测验（Myers-Briggs Type Indicator）。生硬将人物套到框架里，不让其自由发展，你顶多得到一个样板人物而非个性鲜明、魅力十足的人物。不过，我得承认，九型人格（Enneagram）用起来确实方便。为确保人物个性的均衡（尤其是长处、短处的平衡），我有时会用到九型人格。它将人格分为九种类型：

### 九型人格

| 类型 | 理想 | 恐惧 | 愿望 | 缺陷 |
| --- | --- | --- | --- | --- |
| 1. 完美主义者 | 完美 | 堕落 | 正直 | 愤怒 |
| 2. 给予者 | 自由 | 卑鄙 | 爱 | 虚荣 |
| 3. 实干者 | 希望 | 无价值 | 被重视 | 欺骗 |
| 4. 浪漫主义者 | 独创 | 平庸 | 真实 | 嫉妒 |
| 5. 观察者 | 全知 | 无用 | 才能 | 贪婪 |
| 6. 怀疑论者 | 信仰 | 孤立 | 安全 | 恐惧 |

| | | | | |
|---|---|---|---|---|
| 7. 享乐者 | 事业 | 无聊 | 体验 | 贪吃 |
| 8. 保护者 | 真理 | 失控 | 自治 | 欲望 |
| 9. 调停者 | 爱 | 失去 | 稳定 | 冷漠 |

booklaurie.com/workshops_flaw.php 网站上有专为作家设计的九型人格，附有说明，内容精美，值得一读。更重要的是，它可以帮助你丰富人物、概括人物个性并锁定人物的致命弱点。创作《梦境者》时，我通过九型人格发现：主人公克里斯是一位享乐主义者，他一生都在冒险，他所追求的是肾上腺素飙升的快感；另一个主要人物阿莱若则是完美主义者，她试图改善自己的世界，但一切都是徒劳的，她为此愤懑不已。我不能从九型人格中获得人物的新信息，但它可以为我提供精确的词汇，概述已知信息。

### 第七章节清单

　　√ 人物采访。
　　√ 自由采访你的人物。
　　√ 用九型人格确认人物个性及致命弱点。

## 作家访谈：阿吉·维拉努瓦
## （Aggie Villanueva）

**简介**：维拉努瓦著有历史小说《追风》（*Chase the Wind*）与《本就属于我》（*Rightfully Mine*），她同时还是自选作家推广公司（Promotion à la carte）的创始人。在预编辑者&编辑者（Preditors &Editors）开展的投票中，该公司居于推广类第二位。详情请登录 promotionalacarte.com。

**你是如何写提纲的？**

创作古代史小说时，我会基于对小说的理解，先写一小段提纲。随着研究的深入，我会发现许多令人欣喜的信息；同时，我会逐步完善提纲。写提纲时，我基本不用序号，我更喜欢用写文章的方式写提纲。为了做足准备，我的研究通常要持续一年之久。这一过程中，我的提纲自然会不断变化，它日趋复杂、日趋完善。

**你认为写提纲的最大好处是什么？**

或许是生动的人物形象吧。通过提纲、研究、人物塑造的三重奏，我的人物自然而然地拥有生命力。可以说，三个部分缺一不可。首先，我会就小说的历史背景展开细致研究，从中获得生动的细节，从而为提纲的拓展与修改提供素材。与此同时，我会以第一人称视角写人物小传，我会写成册的内容，但它不一定是关乎小说的。我有很多的内容可写：写他们难以忘怀的童年，替他们好好介绍自己就如同填写交友网站信息一样，还可以写他们喜欢的事物及理由。随着研究和提纲的推进，人物会自然成型。比方说，我可能发现一个为众人所忽略的生活细节，它与场景有着密切的联系，事实上，它足以改变整个提纲。正是因为这一细节，读者才能走进书中的时代，真正接触其中的人物。可以说，提纲与研究携手成就了人物。

当我需要简要版提纲时，我只需对照先前的文稿，整理出一份带序号的提纲即可。

**你认为写提纲的最大隐患是什么？**

对我而言，带罗马数字的正规提纲总是可怖的。这一方法过于枯燥，它可以不声不响地在我与我的作品、人物之间制造隔阂。作家对类似的事一定要有所警惕。

**你有推荐过不写提纲吗?**

我写提纲的方式非常随意,很多人根本看不出我写的是提纲,但实际上,我的提纲在细节和精确程度上都相当不错。我从未尝试过不写提纲。大家知道,我写的是历史题材小说,光凭我的小脑袋瓜可写不出书中林林总总的细节。不过,话说回来,我三重奏的写法更像是在写一本独立的书。尤其是我以第一人称视角为主要人物写了大量的文字,有时我甚至会给次要人物写一些。

**你认为写好提纲的关键是什么?**

放松。以最适合你、人物、小说的方式写提纲。针对不同的书,你可以依据需求大胆采取不同的策略。

你总是在人物与读者间建立联系。这一过程中，你不能忽略人物与其所属城市的关系……因为他总是在此处沉思。①

——麦可·康纳利（Michael Connelly）

---

① 麦可·康纳利（Michael Connelly），引于杰夫·爱尔斯：《和麦可·康纳利一起做实验》（*In the "lab" with Michael Connelly*），载《作家》，2009（10）。

## 第八章　发现小说背景

写作世界里，小说背景有时就如同不受待见的继子一样，为作家所忽视。在人物、情节上，我们不遗余力；在背景上，我们却时常三心二意，似乎看不到它的伟大魔力。不过，以虚构小说为代表的体裁，往往会在背景上下不少功夫。原因很简单，写这类小说，作家要完成大量的世界建构工作。不论你要创作何种体裁的作品，你都可以翻一翻奇幻小说作家的作品，他们的背景刻画精细有趣，你一定可以从中获益。《最后帝国》(*The Final Empire*)是布兰登·山德森(Brandon Sanderson)"迷雾之子"三部曲的第一部，你可能很难找到比它更好的范例了。山德森所建构的世界别具一格、细腻逼真，这都得益于以下两点。

● 事实1：在实际舞台上，演员背后的二维幕布是无法同山德森的世界相提并论的。如果你的小说背景无法成为小说的有机组成部分和自洽的存在，那就太可惜了。

● 事实2：山德森所构建的精彩世界离不开他对细节的严格把控，小说中细节不多不少、恰到好处。透过人物与世界的动态关系，他重点描绘了一些细节，它们拥有特点的同时，又与作品有着紧密的联系。如何像山德森一样找准细节，是每位作家的必修课。唯有做到这点，作家方能为读者呈现生动的场景。

创作某些类别的小说时，我们可能会把背景看作配料。人物总得生活在某处吧，我们随便挑选一个就是了。不过，阅读最优秀的作品后，我们往往会发现背景是内化于其中的。它除了提供生动场景外，还为人物注入了活力。因此，我们在背景的创作上懈怠不得。写提纲时，为了避免在背景上出问题，为了尽可能发挥出其价值，你可以向自己提以下问题：

## 背景是否为小说的有机组成部分？

在有的小说中，背景起着决定性的作用，它调动整个情节的发展。二战期间，本应享受童年的 J. G. 巴拉德不幸成为日军战俘营的俘虏，他将自己的经历写进了小说《太阳帝国》。小说中，我们先接触的是上海，之后是战俘营。阅读时，我们可以明显感受到小说与小说背景早已融为一体、无法拆分。《太阳帝国》强大的生命力，离不开小说的独特背景与文字绘成的鲜活图景。与之形成鲜明对照的是续作《女性的善意》(*The Kindness of Women*)，其背景设立在作家或者说主人公成年后居住的英国。续作的背景失去了前作的独特性与生命力，感染力自然无法同前作相提并论。

## 人物如何看待他所生活的背景？

畅销推理小说作家伊丽莎白·乔治指出："透过人物所生活的环境，你揭示了他的真实身份。"[1] 人物周边的风景、附近的环境乃至整个城市，都会对他产生潜移默化的影响。透过它们，你得以窥探其内心世界。他讨厌

---

[1] 伊丽莎白·乔治（Elizabeth George）：《一个劲写下去》(*Write Away*)，19页，纽约：哈珀柯林斯出版社，2004。

自己的生活环境吗？果真的话，他为何不搬家？他是在这里长大的吗？果真的话，这里对他又有怎样的影响？要知道，他对这些地方的表述，不仅关乎他所生活的背景，更关乎他是一个怎样的人。

### 背景能否牵动读者的情绪？

背景为作家营造氛围、调整节奏提供了广阔空间，这是小说其他要素所无法比拟的。小说背景可谓是种类繁多，从主人公玉米地上空阴郁的雷云到路旁废弃茅草屋周围彻骨的寒意，再到殡仪馆里闷热的空气，都是背景，它们都服务于一个目的：调动读者情绪。

### 你是否过度使用背景了？

背景不只是场景那么简单，作为连贯的整体，它为小说提供了坚实的基础。因此，背景滥用不得。最具感染力的小说往往具有精简的背景，作家早已将多余的信息过滤掉了，也正是得益于此，他才能聚焦于重点。介绍一连串背景就如同介绍一连串人物，只会分散读者的注意力，作家也好，读者也罢，都要花更多的时间和精力才能跟上小说琐碎的细节。在这种情况下，他们和作品间的情感联系会变得迟缓。为了精简背景，你可以使用以下技巧。

- **慎重选择小说的主要背景**。不要随意选择背景。你第一个想到的不一定是最好的，不要鲁莽地将人物扔到里面，要停下来想想小说的需求。你要在背景里度过相当长的时间，为了推动情节的发展，你必须找到最合适的背景。

- **写好你的主要背景**。一旦为小说选好了背景，你就要写好它。不论小说的背景是战俘营、宇宙飞船、牧场，还是维多利亚时期的府邸，你都要竭力刻画好它，否则，你绝抓不住读者的注意力。对读者而言，在小说中体会一个精彩的背景，比走马观花地逛六七个好得多。

- **合众为一**。尽可能精简次要背景。可能的话，你甚至可以将它们合众为一。主人公没有必要去了饭店后又去酒吧和小吃街，他只需去一个地方就够了。这样，你就无需费力介绍新背景，读者也可以舒坦地回到老地方。同时，你还可以借此机会，进一步塑造场地的次要人物，从而丰富小说内涵。

- **为背景铺设线索**。精简了背景数量后，你有丰富的机会为背景铺设线索。比方说，你要安排一场大事件，而地点又设在书中的一个重要场地，由于它反复出现，你大可以在之前的场景铺设线索。这样，当人物故地重游时，读者就可以察觉到前后的联系，从而获得阅读快感。

背景是小说的一大要素，你必须费一番功夫，将它用到刀刃上，才能最大限度地发挥其功效。慎重选择背景，而非满足于显而易见的答案；寻找最合适的背景，而非随处可见的陈词滥调。找到之后你也不能懈怠，因为你要想方设法将它运用到极致。如果你能像对待人物一样对待背景，如果你能将背景写活，你的作品就离杰作不远了。

## 世界建构

许多体裁中，背景不过是小说舞台的幕布。作家依据小说需求从生活或研究中取材，例行公事而已。有时候，作家甚至会随意挑选背景。创作《梦境者》之前，我写的都是历史小说，我的人物活动于真实的场景之中，我无需创作背景，我只需从记忆（《法外之徒》的背景，怀俄明州）或研究（《守望黎明》的背景，欧洲和中东）

中取材，重塑现实即可。当我开始创作奇幻小说《梦境者》时，情况有所改变。我所面对的是一个神奇世界，它不再有现实的束缚，我可以自由自在地发挥想象力，在这里一切皆有可能。

不过，面对诸多选择，作家难免会有些不知所措。我们应从何处开始？从自然风光到政府机构，我们应如何建构世界，才能确保它在美丽、有趣、奇妙的同时又拥有真实可触的细节？

第一步，或许也是最明显的一步：释放想象力。你要跳出自我限制的器皿，摆脱一切陈词滥调，不断求索直至想出令你兴奋的独到想法。

另外，你要尽可能地具体。之前，我们有采访过人物，这一方法同样适用于背景。奇幻小说作家帕翠亚·瑞德（Patricia C. Wrede）做了一项了不起的工作，她编辑整理了奇幻小说的世界建构问题，涉及世界建构的方方面面。你可以上网查阅，详见 sfwa.org/2009/08/fantasy-worldbuilding-questions。我不想重复她的工作，不过，我在下面总结了世界建构的相关主题及问题，建构小说世界时你可以参考它们。

这个世界的自然风光是怎样的？

这里生长着怎样的植物？

气候如何？

这里的动物是怎样的？

这个世界的社会形态是怎样的？

人们的穿衣风格是怎样的？

人们的观念由怎样的道德观和宗教观决定？

他们讲何种语言？

当权的政府是怎样的？

科技发展到了何种程度？

存在何种形式的远程通信工具？

有哪些交通工具？

科技是如何影响文娱艺术的？

科技如何影响武器及战争形态？

医学及科学发展到了何种程度？

这个世界的自然法则是什么？

与我们的世界相比，这个世界的法则有什么独特之处（如不同的重力）？

这一世界是否存在着神奇的力量？它是如何运作的？它有什么限制？

居住在这个世界的人是怎样的？

是否存在不同种族？

不同种族、不同区域的居民，风俗有何区别？

不同民族间能否和睦相处？

这个世界的历史是怎样的？

有文字记载的历史，可以追溯到多久以前？

历史上哪些时期对它的社会形态产生了重大影响？

作答时，尽管放开自己，就像做人物采访一样。不要给自己的想象力设限，就算想法看上去有些傻也无妨，先记下来。下面是我对《梦境者》文娱艺术的表述，你答案的形式可能会与之类似。

戏剧可分为两类：一类高贵、优雅、符合道德规范，人们视之为高雅艺术，歌剧就属于此类；另一类则是低俗的酒吧戏剧，正经人见了都要皱眉头。

舞蹈也可以分为两类：高贵、符合道德规范的为一类；低俗、不符合道德规范的为另一类。艺术家的地位完全取决于其所属的类别，高雅艺术家备受尊重，低俗艺术家则被视作社会的堕落分子。但现在，有越来越多的人喜欢后者并视他们为偶像。

高雅艺术有教会支持，其中以国王和宫廷为主。低俗艺术则完全仰仗于客户，主要是酒吧主之类的人。每座主城，都有为高雅艺术修建的精美剧院，其中，绝大多数为公众所有，仅有一小部分为商人所有。低俗艺术则局促于小酒吧之类的场所，表演者穿梭于不同的场所之间。马戏是少数几个为教堂所认可的"底层"娱乐方式之一。马戏班子游走于乡镇之间，走到哪，就把帐篷扎到哪。

上层社会好养鹰，下层阶级纷纷效仿，饲养便宜点的鸟或狗。打猎风靡于各个阶级。克若力是有名的战斗民族，好比武和马上枪术比赛。运动有摔跤、游泳、划船和若斯帝弗（与冰球类似，但没有冰球鞋）。像围棋之类的战略类桌游也非常流行。年轻人的消遣则有抓子游泳和保龄球等。

即使你已经掌握了小说世界的细节，你也要耐着性子回答上述问题。唯有如此，你的想法才能变得更加成熟；你才能为背景注入更多的活力与现实感；你才能找出其中的漏洞与不协调之处。不过，更为重要的是，这一过程非常有趣！

## 第八章节清单

√选择合适的背景。
√如何通过小说背景塑造人物？快速写下你所知道的方式。
√合众为一，去掉多余的背景。
√回答世界建构的相关问题。

## 作家访谈：丽萨·格蕾丝
## （Lisa Grace）

**简介**：格蕾丝著有青年小说《阴影中的天使》(*Angel in the Shadows*)及《暴风雨中的天使》(*Angel in the Storm*)。她通过教堂为青少年提供志愿者服务。详情请登录 lisagracebooks.com。

**你是如何写提纲的？**

我会先列出一个主要情节和两个次要情节。我要确保主人公在小说结尾有所成长。次要情节的存在是为了阻止主人公顺利实现目标。次要情节往往会为我创造次要人物提供灵感，他们推动情节的发展，促成主人公的行动。我创作时喜欢用表格，一个表格是为人物准备的，另一个则是为场景准备的。每个场景我会写一千字左右，也就是说，创作一本七万字的小说，我需要七十个场景。

**你认为写提纲的最大好处是什么？**

写提纲是一种规划，我可以借此制造张力、添加象征、平衡人物与情节间的关系。

**你认为写提纲的最大隐患是什么？**

过于死板，照搬提纲。我创作《阴影中的天使》的某个场景时，脑海中闪现了一个人物。我非常喜欢她，她让我得以从新角度审视小说世界。如果我迂腐地按提纲写而不知变通，读者和我将永远错过她。

**你有推荐过不写提纲吗？**

我的写作简明扼要。我的作品中有大量的对白和行动，至于描述类的文字，足以勾勒场景即可。我需要了解场景的走向及其在小说中的作用。就算是即兴创作，我也是在场景的框架内发挥。有时候，我会临时添加一个场景，但它一定是人物行动的自然结果。

我正在写一本历史题材的小说，为了确保小说人物和当初的时间点、地址、事件、气候、战争、史实人物相匹配，提纲必不可少。没有提纲，我无法在小说中重现历史。

**你认为写好提纲的关键是什么？**

劳拉·李普曼（Laura Lippman）是我的导师，她的小说曾多次获奖。对她而言，视觉型的提纲再合适不过了。她的提纲可以说是彩色编码，她将便利贴或索引卡贴到墙上，有的是关乎人物和视角的，有的关乎场景。之后，她会看看图案的整体效果，如果不满意的话，她会继续调整。

　　对我而言，线条更为合适。我会用线条连接场景和人物，如果很多线条同时朝一个方向延伸，我就可以选取合适的位置，加入其他人物、情节或场景。总之，要想写好提纲，最重要的是找到适合自己的方法。

世界有时是混沌、悲惨、丑恶、令人沮丧的,写作则是在重新组织我们的经历或想象以创造出些美好甚至完美的事物,哪怕只有一句话。[①]

——派翠西亚·海史密斯(Patricia Highsmith)

---

[①] 派翠西亚·海史密斯(Patricia Highsmith):《我的写作技巧》(*My rules for Writing*),22页,作家出版社(*The Writer*),2008(2)。

# 第九章　扩展版提纲：创作一部小说

　　扩展版提纲是小说布局的真正起点。你需要一步步筹划，尽可能细致地描绘出小说旅途的一切站点（当然，此时你不需要对白和叙述）。这项工作，有时并不费力，但当你遇到情节或人物动机的薄弱之处时，你就要停下来竭力应对。为了写好扩展版提纲，你可能需要好几个月的时间，与此同时，你的想象力是马力全开的，你不会感到枯燥，而且你会获益很多。

　　我通常用记事本写扩展版提纲，从条目的日期到场景的序号，都会清楚地标在上面。为了给你提供直观的印象，我在下面摘录了《守望黎明》提纲的前两个场景。正如你所看到的，我非常放松，时而跑题，时而变换时态,时而自我否定。总之,我的想象力在自由驰骋。我寻找情节上可行的解决方案,期待意想不到的发现,这一过程无疑是有趣的。我会预先铺设线索,探索出人物的所在及他们的思维方式,确保他们有明确的动机及目标。这一环节的主要目的是敲定各个场景的主要事件而非包揽一切。因此,写初稿时,你依旧有足够的空间释放创造力去即兴创作。如果我突然想到一两句合适的对白,我也会记下它,但多数情况下,对白、描述、内在叙述等细节工作,我会留在初稿阶段完成。

**场景 1:** 我想将故事的开端设置在小说之前,问题是,究竟早多久呢?安兰接受罗德里克的委托?他参与阿尔刻战役(不好,这仅是动作,无法凸显人物特点,刻画人物才是重中之重;不过,如果我能强化这一情节,或许它就行得通了,对,它是可以强化的)?他负伤这个可能性如何?或许我可以把开端安排在上述事件之间?

我更倾向于第一种可能,但故事的开端也不能设置得过早。我需要故事自然地衔接到战役上。受伤后,他应处在一种虚幻的状态,他依旧处在作战的盛怒之中,你知道的,他的精神依旧在那场战役中游荡。突然间,他清醒了,他感到了全身的痛楚,他看到了梅雷亚德担忧的脸庞。

**场景2**：他醒来后发现自己成了阶下囚。总之，撒拉逊人把他关了起来。(不过，他们是否有接收俘虏的惯例呢？这一点我要研究清楚。他们恐怕不会接收很多，如果他们不杀俘虏的话，他们会如何处置俘虏？)他受伤了，或许是头部受伤，或许是肩部或体侧的皮外伤。伤情并不严重，但他得休养一阵才能恢复，这也是梅雷亚德照顾他的原因。

他身体好转后，被带到了另一间牢房，他在这里见到了威廉勋爵。安兰一手策划了这场会面，或许是因为他找到了逃跑的机会。为了报恩，他想带上梅雷亚德。

他不知道梅雷亚德的婚事，他更不知道她的丈夫是自己的恩师威廉，而此时威廉已身负重伤。

安兰和威廉聚首后，我要设法暗示安兰的过去，不用太多，一点点就好。

威廉知道自己时日无多，他担心自己死后，休斯勋爵会将魔爪伸向无依无靠的梅雷亚德。他要求安兰名义上迎娶她，然后带她逃往法国的修道院，在那里她可以凭借威廉的遗产度日。安兰听后有些震惊，但他和威廉相交甚笃，他们二人又有恩于他，如今梅雷亚德处境危急，他自然不能推脱。

安兰开始精心筹划他们的脱身之计。是否用外援呢？我不是很确定。仅仅为了拯救安兰就引入新的人物，似乎不妥。不过，没有旁人介入的话，又无法凸显事态的紧急。我可以让某人直接或间接介入，这个人之后必须有足够的戏份。马里克不知道安兰还活着，他是不可能救安兰的；让吉辛介入的话，似乎也不妥，他还没有高明到了解安兰的动向。

但是，安排陌生的拯救者又会引发新的问题。对了，吉辛又不是非得知道他在救谁，有三种可能：a）他只想尽可能多地解救俘虏（不过，我要确保最后逃出的只有安兰和梅雷亚德，这是难点）；b）他想解救刺客，以帮助自己对付罗德里克（我需要更具体的理由）；c）他并没有想到安兰，他想搭救的是威廉和梅雷亚德。他一直以为自己救的是威廉夫妇，直到他们相遇后，他才发现自己救的不是威廉而是安兰。这很有戏剧性。对吉辛而言，这是双重意外：其一，他发现自己救的并非威廉；其二，他救的是自己的老朋友安兰。吉辛并不了解他们婚姻的原委，而且他清楚安兰的为人，他一开始很可能会指责他们的做法。如果他不知道威廉已经离世的话，他的指责可能会更严厉。

　　托吉辛的福，安兰和梅雷亚德总算是逃出来了。（不过，以安兰的性格，他绝不会坐以待毙，就算没有吉辛，他也会设法脱身的。吉辛的计划与安兰试图帮助威廉夫妇并不冲突）

　　在进一步讨论小说布局技巧之前，我们要做一些铺垫工作，以解决一些常规问题。

## 你要写什么类型的小说？

　　现在，你该为小说形式做具体安排了。你的目标读者是谁？你要在文字中呈现何种情感与语调？你想将小说写成快节奏的还是舒缓型的？你要用过去时还是现在时？

　　完美的小说并不存在。所谓完美，在艺术界是非常主观的。你钟爱的作品，在他人看来可能一文不值。每位读者都有自己的阅读偏好，从温情的浪漫小说到危机四伏的黑色小说，各不相同。这再好不过了。如果所有人都一样，作家可写的东西就很少了。

　　完美的小说永远不会存在，也正是得益于此，作家才有可能在广阔的创作空间中寻找属于自己的题材。因此，与其问"怎样写出完美小说"，不如问"怎样写出你的完美小说"。文稿经纪人斯科特·艾德尔斯坦（Scott Edelstein）多年来给我提供了许多中肯的建议，他有一句话说到我心坎里去了："如果你感到迷茫，不知何处落笔，你不妨想象一下，自己最想阅读的小说、散文、诗歌或其他体裁的作品是怎样的？想好后，你就可以动笔了。"[1]

那么，你的完美小说是怎样的呢？找出你最喜欢的小说和电影，看看它们为何能打动你。打动你的究竟是战争场面、浪漫情调、幽默对白、伤感结局，还是圆满结局？最后，你可能会发现，你的作品中已经包含了你想要的元素。你要找出并有意识地强化这些元素，让它们成为你小说不可或缺的一部分。

**你的读者是谁？**

身为作家，了解自己的读者至关重要，你要知道他们对你的期待是什么。如果你准备满足读者的期待，在什么时机、以怎样的方式满足他们的期待就又是一门学问了。

---

[1] 斯科特·艾德尔斯坦（Scott Edelstein）：《每个作者需要知道的100件事》（100 Things Every Writer Needs to Know），22页，纽约：伯克利出版集团，1988。

- 你的读者处于什么年龄层次？
- 你的读者多是什么性别？
- 你的读者多是什么种族？
- 你的读者有何宗教信仰？

了解这些问题后，你才能更好地进行小说创作。经过一番思考，倘若你发现小说并不符合自己读者的口味，你要么需要重新构思小说，要么需要寻找新的读者。有时，你可以尝试选出一位特定读者。他了解你，理解你的观念，但他的并非与你的完全一致。他会如何评判你的小说呢？他会觉得这本书好在哪里，不好在哪里？他会给你怎样的建议？写提纲时，心里惦记着这位读者，你就可以保持与目标读者的联系，从而确保在之后的创作中不会与目标读者脱节。作家自然要为读者写作，其中，乐趣与挫败感兼而有之。读者是我们无法回避的难题，不过，只要我们能找准目标读者，问题就不难解决。

**你要采用何种视角？**

叙述视角常常为作家所轻视。我们有了创作灵感后，坐下来准备动笔，用第一人称还是第三人称呢？我们三十秒后就有了答案，然而，如此仓促随意的决定，会影响小说的每一个字。它左右小说的语调与叙事风格，决定小说中包含哪些场景、不包含哪些场景，打开某些门的同时也关上了其他门。总之，小说是否可行，常常取决于视角。为了帮助你选择合适的视角，我特地列出以下四点注意事项。

**选取适量的视角**

如果读者能知道每个人物在想什么，这该多好。然而，罕有小说可以处理好二十个视角（对读者而言，阅读这样的作品就更艰难了）。很多时候，少即是多，不少经典作品都聚焦于一个视角。小说中多一些视角，自然可以为读者提供更多的细节，但同时它们也会削弱主要视角。要知道，读者并没有义务（或兴趣）了解每一个细节。有时候恰恰是无声胜有声。而且，视角越少，读者感到无聊或迷惑的可能性也越小。写作中并不存在限制视角数量的规则，不过你可以用以下技巧来检验自己是否使用了过多的视角。

● 视角常常对应着重要人物，否则，读者为何要进入他的精神世界？

● 如果书中的视角多于一个，读者就可以透过不同人物的思维看待问题。

● 增添视角意味着分散读者的注意力，考验其耐性。

- 视角过多会让小说变得散乱、没有重点。

引入新视角前，一定要考虑清楚，新的视角是非加不可，抑或是可有可无。如果你可以用现有人物视角描述场景，你就没有必要引入新的人物视角。

**选择最恰当的视角**

临近《梦境者》的结尾，我需要描写一个颇为紧张的场景，内容是主人公将坏消息带给了他的盟友。我从主人公的视角出发，翻来覆去，写了好几天依旧写不出满意的文字。纠结几天后，我突然意识到问题出在人物视角上。这一场景中，最为悲痛的并非主人公。他得知噩耗是上个场景的事，之前的场景已经足够戏剧化了，我从他的视角出发无法写出新东西，我的尝试不过是在重复之前的工作。认识到症结所在后，我开始思考坏消息对谁的触动最大。找到合适的人物后，我调整了人物视角，之前苦苦寻觅的张力、戏剧感、焦虑，此刻都涌现出来了。

**选择最能打动人的视角**

你选取的主要视角将影响整部小说的语调。因此，你不能满足于显而易见的答案。多比较不同人物的视角、了解不同的可能才是明智之举。几年前，我尝试过写一本二战题材的小说，我的创作止步于五十页。我反复修改，思维几近枯竭，但文字就是拒不合作。我了解小说的走向，我喜欢其中的人物，我也知道我想要怎样的语调，即使如此，我还是写不出想要的效果。女主人公纯真可爱，但她就是担不起叙述的重任。我只得将文稿搁置到一旁。几个月后，我意识到，我一开始就选错了人物。我应该选择一位美国记者，他那愤世嫉俗、玩世不恭的语调再合适不过了，而他原本只是书中的配角，采用了他的视角后我的问题也随之解决。（遗憾的是，出于种种原因，我可能永远无法完成这部小说。）

## 玩转叙述声音和时态

掌握了视角基础后（新手常常会频繁切换视角，认清这一点并避免它尤为关键），你会发现，视角是一片充满可能的广阔天地。许多作家习惯某种叙述声音后就不再调整，但在我看来，作家要勇于尝试。我的前八部小说都采取第三人称过去时，在新作中我尝试了新的视角和时态。令我意想不到的是，我的写作技巧也因此精进不少，写出的小说也更具感染力。

## 搭建好小说结构

本书不会细致讨论小说结构［感兴趣的话，可以参考我的《搭建你的小说：创作优秀小说的关键》（*Structuring Your Novel: Essential Keys for Writing an Outstanding Story*）］，但我们不妨看一看小说结构的开头、中间和结尾，看看它们能为我们提供哪些可能。记住，提纲并不一定要包含以下所有元素，你可以考虑它们，但最重要的还是小说需求。

### 开头

- 开门见山，引入主人公，让读者立刻知道小说是关于谁的。
- 向读者展示主人公的日常生活。这是他所选择的生活，他理应感到舒适；就算不是这样，他也多半习惯于自己的生活节奏。
- 向读者展示主人公标志性的时刻。尝试创作一个场景，让它在凸显主人公个性的同时包含重要事件，并确保它会对小说的走向产生影响。
- 以动作开始。从第一刻起，就让读者看到动态的主人公。主人公绝不能无所事事，要让他在场景中动起来。

- 给读者一个在意主人公的理由。他有什么特质，勇敢、聪明、坚毅、善良还是风趣？你要让读者相信，他们将与人物共度美好时光。
- 赋予主人公愿望与目标。他在追求什么？为了实现愿望，他认为自己必须获得什么？
- 创造激发事件，彻底改变主人公的现状。以他意想不到的方式颠覆他的世界：他的家人惨遭杀害，他在某次重大考试中作弊被抓了个现行，或是他突然穿越到了二十年后。
- 迫使主人公对激发事件做出回应。如果主人公毫无反应，激发事件就没有意义。他的回应方式奠定小说的基调。

### 中间

- 让主人公陷入一连串不可控的事件，让多米诺骨牌依次倒下。
- 让主人公最初的目标渐行渐远。他依旧可以看到它，他依旧渴望，但他就是够不到。
- 为主人公设立新的目标。事态愈发复杂，为了生存，主人公只能暂别自己最初的目标以应对眼前的问题。

- 创造条件，改变主人公同反派人物的关系，让他由原先的被动回应转为如今的全面对抗。一直以来他都在默默承受，他受够了。现在他有了自己的计划，他要全面反击。

## 结尾

- 让主人公对自己有更深刻的认知（尤其是其致命弱点）。他以某种方式突破了自我并击败了反派人物。最优秀的小说中，主人公最终的胜利，往往离不开他精神道德层面的蜕变。
- 考验主人公的肉体、精神和道德，挑战他的极限。确保他面对的都是恶战，不要让他轻易获胜。让读者在阅读时不停地问：他能否成功？
- 在最后一刻赋予主人公力量。当读者觉得他不堪重负时，他就该触底反弹了。
- 让主人公成长为英雄。他走进自己的灵魂深处，找到了超越平凡的钥匙之后，昂首迎接挑战。
- 主人公应以独特的方式应对挑战。斗争最激烈处，他如何应对才最符合他的特点？
- 让主人公击败反派人物。你的结局可能恰好相反。

不论如何，他们总是要分出胜负的。

● 让主人公实现自己的目标。如果在你的小说中，主人公取得了胜利，那么，他最终应越过反派人物的障碍，实现自己魂牵梦绕的目标：或许他不再沉溺于家人离世的悲痛，找到了久违的平静；或许他认识到了自己的错误，重新备考并取得了 A 的好成绩；或许他可以自如控制穿越时空的能力，并以此来帮助自己更好地活在当下。

● 以经典语句作结。读者最有可能记住的就是小说的最后一句，你要将它印在读者的脑海里。

## 小说的三大基本元素

开头、中间和结尾一起构成了小说骨架，它们成形后你的小说就立起来了。之后你要为小说添加血肉，即关系、动作和幽默感。扫一眼你的书架，抽取三五本书，看看你能否找出它们的共通之处。我从书架上选取了玛丽·约翰斯顿（Mary Johnston）的《长名册》(The Long Roll)、帕特里克·奥布莱恩（Patrick O'Brian）的《时.分.秒.惊喜》(H. M. S. Surprise)以及凯西·黛尔斯的《火鸟》(Firebird)。我的选择是完全随机的，但它们基本触及了小说的各个方面：男女作家；两本堪称经典的作品；出版日期从 1911 年到 1999 年不等；题材上既有历史小说，又有科幻小说。不过，三本书是有共通之处的。没错，就是关系、动作和幽默感。

**幽默感**

我们先聊聊幽默感，它可以说是三大元素中分量最轻的。尽管如此，其重要性亦不容忽视。幽默感可以愉悦读者，拉近读者与人物的距离；另外，在严肃小说中，为了调和小说中的黑色元素，幽默感亦必不可少。在《给优秀青年作家的一封信》(A letter to a Young Talented Writer)中，戏剧家兼短篇小说作家威廉·萨洛扬（William Saroyan）写道："记住，悲剧再悲，也往往含有喜剧元素。"[1]

我选的作品中，《长名册》和《火鸟》风格沉重，但书中也有轻快的部分。帕特里克·奥布莱恩擅长讽刺和轻描淡写，他常写战争和人的本性。不过，要说他的小说为何能超越日常的苟且，富有哲思，还是要归功于他敏捷的才思和文笔中流露的幽默感。

---

[1] 威廉·萨洛扬（William Saroyan）:《给优秀青年作家的一封信》(A letter to a Young Talented Writer)，载《作家》，1938（9）。

**动作**

诚然,许多小说中并没有明显的动作,其中还包括一些经典作品。但正如我们之前讨论的,那些最优秀的、历久弥新的小说,往往是关乎冲突的,而冲突就是通过动作体现的。不论是奥森·斯科特·卡德笔下宏大的宇宙战争,还是乔治·艾略特笔下细致入微的乡镇生活,小说钟表的运转都离不开动作的齿轮。小说的进展,从主题到不可逆转的结论,都由动作坚定地推动。

《长名册》是玛丽·约翰斯顿美国内战两部曲的第一部。小说本身就是冲突的自传,与惨烈的战争相比,人物的一切都显得微不足道。通过简约的文风,约翰斯顿让读者感受到战争的绝望、个人面临的尖锐冲突以及白热化战场上随热血流逝的梦想。在动作上,《长名册》超越了大多作品。可以说,动作是约翰斯顿小说的主题,她透过动作将冲突描写得淋漓尽致。

**关系**

如果说小说反映的是人类经历,如果说人类经历的本质是人与人之间的互动,那么,处于小说核心的就是关系。关系可以是男女间的爱情［如简·奥斯丁的《傲慢与偏见》与艾米莉·勃朗特（Emily Brontë）的《呼啸山庄》（*Wuthering Heights*）］，家族内的冷暖［如露易莎·梅·奥尔科特（Louisa May Alcott）的《小妇人》（*Little Women*）和陀思妥耶夫斯基的《少年》（*The Adolescent*）］，也可以是不断变化的友情［如阿瑟·柯南·道尔爵士（Sir Arthur Conan Doyle）的福尔摩斯系列与狄更斯的《匹克威克外传》（*The Posthumous Papers of the Pickwick Club*）］。可以说，关系或关系的缺失构成了小说的基础。

凯西·黛尔斯的三部曲中，关系是重要线索，其中包括布纳恩与安吉洛的恋情及婚姻，安吉洛与家人的不和乃至冲突等。透过各种关系的对比，透过痛失至亲至爱的悲伤，黛尔斯编织出了感人至深的杰作。

不同小说中，三大元素的比例自然会有所差异：有的作品以幽默见长，有的作品为了凸显动作可能将关系放在次要位置。我们要记住的是，三大元素是读者翻动书页的根本动力。我们喜爱的作品无一例外地包含这些元素，因此，搭建提纲时我们必须有意地融入它们。

## 首尾呼应

首尾呼应的小说更具连贯性,也更易引发读者的兴趣,但这一技巧却常为作家所忽视。首尾呼应,即在小说开头有效地引入相关人物、场景及主题,并在小说结尾呼应开头。下面几部电影很好地运用了这一技巧,值得我们借鉴。

● **P. J. 霍根(P. J. Hogan)执导的《彼得潘》(2003):** 电影根据J. M. 巴利(J. M. Barrie)的作品改编而来。影片明显运用了首尾呼应的技巧,电影的开场白经过细微变换,再次出现在了影片结尾。电影开始,观众在荧幕上看到:"所有的孩子都要长大……只有一个例外。"电影结尾,这句话再次由叙述者讲出,它在深化主题的同时,也给故事画上了圆满句号。

● **罗兰·艾默里奇执导的《爱国者》(2000):** 电影以南卡罗来纳州的农场开始,又以它结束。美国独立战争期间,人们纷纷参战,有的甚至献出了生命。他们之所以这么做,是为了维护农场所象征的一切。电影开始,我们见到农场的田园生活平静而美好(这也是主人公战前的日常生活),但不久以后它毁于战火;电影结尾,幸存者重返家园、重建农场。

这一幕象征着整个国家的重建。

● **史蒂夫·迈纳（Steve Miner）执导的《天荒情未了》（Forever Young, 1992）：** 该影片对技法的运用更加细微。电影的开头和结尾内化为了情节的一部分，电影因首尾而更加精彩，其中，结尾更是点睛之笔。电影一开始，空军试飞员丹尼尔坐在驾驶舱内试图控制迅速跌落的早期 B-25 战机。后来，丹尼尔昏睡了 50 年之久。影片中，B-25 战机反复出现，它象征着丹尼尔多年来错过的一切。他苏醒后，身体迅速衰老，但幸运的是，他得以和往日的挚爱重逢，这一幕中，B-25 战机也扮演了重要角色。电影开始，战机迅速下落；电影结尾，战机则在夕阳下着陆。

● **迈克尔·柯蒂斯（Michael Curtiz）执导的《银色圣诞》（White Christmas, 1954）：** 电影通过首尾呼应的技巧，深化了情节和主题。电影将我们带回了二战，影片一开始，主要角色们在战线后表演滑稽剧以庆祝圣诞节，欢送他们敬爱的将军。结局是几年后的事了，主要角色们再次走上舞台表演滑稽剧以庆祝平安夜，致敬荣休的将军。

用好首尾呼应的技巧，你的小说将变得更加紧凑，线索将变得更加缜密，结尾将变得更加感人。写提纲时，有意识地使用这一技巧，可以省去许多麻烦，它意味着你有更多的机会去雕琢意象和主题，从而使之内化为情节的一部分。

## 多米诺效应：并不存在可有可无的场景

小说何以为小说而非短篇小说集呢？原因在于，小说是统一的整体，其场景是紧密相连的，一旦缺失了某个场景，小说的运转就会出现故障。我想，将小说比作多米诺方阵，再合适不过了。我们都见过那种极复杂的多米诺方阵，曲里拐弯，绵延上百米。建造这样的方阵，自然要费一番功夫。多米诺骨牌就位后，你只需轻触第一个，余下的就会依次倒下。另一方面，哪怕只有一个多米诺骨牌出了问题，运动就会戛然而止。

如果说小说是多米诺方阵，那么一个场景就相当于一个多米诺骨牌。为了让读者看到骨牌依次倒下，作家必须让场景环环相扣，让每个场景都有其价值。如果一个场景无法影响之后的场景，如果它的存在对小说毫无意义，你可能要删去它。如果你能把它调整到位，那自然更好。

《猎鹰之弧》(*The Flight of the Falcon*)是达芙妮·杜穆里埃相对小众的一部作品,但透过它,我们可以看到教科书式的多米诺效应。小说中的每个场景,不论看起来多么无关痛痒、多么游离于主要情节之外,都有其存在理由。杜穆里埃不浪费任何机会,从路人到随意的对白,再到看似偶然的零星描述,都有其价值,它们共同编织了小说之网,读者总能感到其微妙的联系。举个突出的例子:小说过半,主人公漫步在沙滩上,偶遇了一位照看孩子的修女,他停下来和修女攀谈了几句。他们的对话只是两个陌生人之间礼貌性的问候,我们读不出任何私人信息。几页后,她就离开了沙滩,她只在小说中出现过这一次。

乍一看,修女这一幕略显生硬。主人公此刻正在等他的委任命令,这一出不过是可有可无的填充物罢了,当然另一种可能是杜穆里埃想在作品中融入地域特色。但当小说进入高潮时,我们陡然意识到,这一幕并非可有可无,它对主人公而言是重要的转折点。简单的填充物摇身一变成为关键的多米诺骨牌,它影响了之后的一切。如果我们能像她一样玩转多米诺骨牌,我们的写作之旅就会顺利得多,小说也会变得酣畅淋漓、势不可挡。

## 逆向提纲

谈及提纲，你很可能会想到组织一词。写提纲与即兴创作的区别，不外乎为作家提供路线图、指南或方案。提纲理应简洁、流畅，并以线性方式书写；提纲的存在就是为了赋予小说秩序。如果我说，有时候倒着写提纲效果更好，你肯定会觉得我疯了。

我们都知道，写提纲时，小说事件务必环环相扣，场景之间务必形成多米诺效应。但如果不知道下一个多米诺骨牌是什么，我们恐怕就难以落笔了。推理小说作家都清楚，在不了解凶手身份的情况下，作家是很难从起点开始按顺序铺设线索的。此时，从最后一个场景开始倒着写，往往更简单、更高效。

我写过一本历史小说，写提纲时，根据我的构思，一个人物会受伤，因伤势过重，之后的一个月他都无法同伙伴联络。不过，我并不知道他受伤的经过和原因。我知道他出席过一场晚宴，我知道他会受伤，但两个事件之间呢？一片空白。我可以从晚宴出发，按线性思维思考连接两个事件。但是，我更了解的是晚宴而非他受伤这件事，动起笔来，我多半会从晚宴出发。如此写出的情节，恐怕难以具备连贯性。

倘若我硬着头皮，从晚宴写起，所挤出的多半是生硬的情节。在晚宴和受伤之间，我很可能会东拼西凑，拿一些不相干的事充数。

怎么办呢？

没错，倒着写。

我以他的伤势为起点，倒着思考。为了探索之前的空白，我不断向自己提问：人物是如何受伤的？他在哪里受的伤？坏家伙为什么要这么对付他？他为何能免于一死？他是如何逃离的？

下面是我逆向提纲的一部分：

> 晚宴上，布鲁斯和温迪告了别，他离开后不久，就会身负重伤，之后的一个月，都没有人能联络到他。可以确定的是，他晚宴后肯定经历了些什么，要不然他怎么会受伤呢？还有，是什么伤？枪伤、刀伤或是其他？这可能取决于当时的环境。他为何会被射击/刺伤呢？在哪里？……
>
> 布鲁斯受伤这件事很可能与查尔斯有关。他对查尔斯的案件穷追不舍，查尔斯感到了威胁，想一举除掉他。布鲁斯是不是快破案了？或许他已经将证据提交给了上级，但是，一方面由于上级的腐败和漠视，另一方面由于查尔斯的一再掩饰，布鲁斯

的努力并未产生任何效果。和往常一样,布鲁斯决定亲自出马。他的底线是帮助温迪摆脱查尔斯的威胁。他找到查尔斯后和他摊了牌并提出了自己的要求,这可以说是他的最后一搏。刚开始,查尔斯可能会嘲讽他,但听到布鲁斯的证据后他服了软。不过这只是他的缓兵之计,此刻他已经派手下在路上伏击布鲁斯了。

布鲁斯落单后,查尔斯的手下找上了他,他因此身负重伤。查尔斯自然想干净利落地除掉他。因此,怎样让布鲁斯活下来呢?会不会与他的搭档艾萨克有关?

或许,我可以在小说中加入一段速度与激情,这样它就不会和之后的枪战重复了。好的,布鲁斯离开查尔斯的住处后驱车回家,在路上,他被查尔斯的手下追击,他的车被撞到了路边。可是,他们为何不了结了他?

或许,艾萨克此刻会突然现身,射击布鲁斯的手下,帮查尔斯解围。但这太吵闹了,我想让他安静地消失。或许,查尔斯经历了惨烈的车祸,布鲁斯的手下觉得他必死无疑,就离开了。

与刚开始相比,我有什么进展?我知道了以下信息：布鲁斯掌握的证据足以将查尔斯扔进牢房，但还不足以处决他。另外，温迪处境危急，或许晚宴中藏有一颗定时炸弹。总之，布鲁斯此刻必须同查尔斯对峙以解救温迪。

了解以上信息后，该怎么写我心里就有数了，之前的空白也自然可以得到填补。就这样，我倒着写回了晚宴。瞧，我顺利地把所有的事件连了起来，它们之间具有很好的逻辑性和连贯性，小说的节奏也因此变得紧凑、动人心弦。

小说广阔的未知领域足以令人心生畏惧。想象一下，如果你看不清前方的路，又如何敢轻易落脚呢？但当你从已知信息出发，倒着走时，你会发现你的任务不过是一道简单的填空题。如此操作，你的小说将如多米诺方阵一般规整。

## 第九章节清单

√写出扩展版提纲。按场景依次写，并为每个部分编号。
√你的完美提纲是怎样的？
√你面对着怎样的读者群？
√挑选合适的视角和时态。
√确保小说的开头、中间和结尾没有问题。
√确保小说中含有幽默感、动作和关系。

√ 确保小说首尾呼应。
√ 将小说塑造为多米诺方阵,让场景环环相扣。
√ 删去多余的场景。
√ 如果你不知道如何从 A 点到 B 点,那就倒过来。

## 作家访谈：丹·海斯
## （Dan L. Hays）

**简介**：海斯著有回忆录《自由亦不过是个词》(*Freedom's Just Another Word*)，其播客《自由时刻》(*Minute to Freedom*)非常具有启发性，电台栏目《与尊严的对话》(*Dialogue with Dignity*)亦由他主持，他还在博客《康复途中的随想》(*Thoughts Along the Road to Healing*)上撰文。详情请登录 danlhays.com。

**你是如何写提纲的？**

在公路旅行前，我要看地图，找好起点后，我会选取去往目的地的最佳路线。写提纲亦是如此，找准小说的起点后，我还要大致了解小说的结尾。我说"大致"，是因为之后还有调整的可能性。有了起点和终点，我就可以把握小说的时间跨度。我第一本小说的时间跨度为四个月；我正在写的回忆录，时间跨度为三十年。显然，时间跨度越长，对提纲的要求也越高。如果没有成熟的想法、没有好的提纲，我很快就会失去方向感。创作时，我会时不时地对照路线图以确保我没有走偏。

**你认为写提纲的最大好处是什么？**

我动笔写第一章的时候，脑海中肯定是有路线图的。提纲对初稿而言至关重要。有了提纲，就算写作时偏离了航线，我也可以很快察觉到问题并纠正它。我写第一本回忆录时，文稿中有许多零碎的想法，它们并没有出现在我的作品中。原因很简单，它们不是我想要说的故事。我真正想写的，是我与父亲的交流以及他离世对我的影响，提纲帮我做到了这一点。

**你认为写提纲的最大隐患是什么？**

一味地按提纲写，忘记提纲只是个服务于我们的工具。我列出书本的基本结构后不会死板地遵从提纲，那么做只会让小说枯竭。我要为创造力留足空间，唯有如此，我才能写出理想的作品。有时，我会有意想不到的点子，我要做的是抓住它而不是被提纲束缚。

写提纲时要想避免过于死板，最好的方法莫过于为自己留下调整的空间。轻舟过河，走的并非直线；船夫划桨，船是来回晃动而非严格按既定航线行驶的。提纲亦是如此。如果你想恰到好处地使用提纲，就不能让它成为你创作过程的障碍。

**你有推荐过不写提纲吗？**

如果你不清楚小说的走向，你自然无从知晓小说结尾如何。对有的人而言，即兴创作的效果不俗，但我不属于这一类人。如果写短一点的篇幅，比方说一个章节，我不需要提纲，我可以边写边想，场景会自然展开。但话说回来，对这本书我是有提纲的，因此这些场景也算不上自由发挥，它们是遵循大提纲的。我写博文或小品文时，更喜欢即兴创作。我是一个善于讲故事的人，连我的博文在结构上也与故事类似。

**你认为写好提纲的关键是什么？**

提纲要有足够的灵活性，我会做好随时调整提纲的准备以满足小说的需求。一般而言，我写一本小说或回忆录要花数年之久。如果在没有规划的情况下匆忙动笔，我很快就会迷失，偏离航线。小说就如同一片森林，我写作时要先飞到上空鸟瞰小说之林，鸟瞰的过程即写提纲的过程。等到降落以后我才会近距离观察森林，描述林木以及穿越森林的道路。如果没有路线图的帮助，我大有可能走错路还不自知。我可能会讲出不少有趣的小故事，但它们与我的作品无关。

我在穿越森林描述旅途见闻时，可不是小心翼翼的，我一直保有开放的心态以拥抱一切可能。比方说，我的提纲里只有 A 和 B，如果在旅途中遇到了合适的 C，我自然要记下它。这种相遇，可不是写提纲时能预料到的。

我发现，写提纲的人会在准备阶段投入更多的时间，不写提纲的人则会在修改阶段投入更多的时间。两种做法，殊途同归。①

——布兰登·山德森

---

① 布兰登·山德森（Brandon Sanderson）：《对布兰登·山德森的采访》，http://ofblog.blogspot.com/2009/02/wotmania-files-interview-with-brandon.html，2005（11）。

## 第十章　精简版提纲：画好你的路线图

写完扩展版提纲后，你要提炼相关信息，整理出精简版提纲。完成这项工作后，你坐下写作时就无需参考厚重的扩展版提纲了。你只需瞥一眼路线图，小说的重要站点和目的地即可尽收眼底。你写初稿时，精简版提纲就是你的工作指南。如果你想跳过这一步，直接用扩展版提纲也可以。但对我而言，整理记事本、在电脑上敲出精简版提纲必不可少，有以下几点理由：

- **避免漫无目的地游走**。扩展版提纲为我们提供了解决问题的机会，我们从中探索各种可能，规避各种死胡同。可以说，它是一片试验田，其中有千奇百怪的想法，但最终能留下的并不多。阅读扩展版提纲,我会发现许多重复或不相干的部分,它们并不能帮助我理解小说。另外,扩展版提纲中有大量的文字是关乎我如何得出结论的,但写初稿时,我知道结论是什么就足够了。

●**制作一份可读的提纲**。我们真的有必要再次讨论我的字迹吗?我在电脑上打出精简版提纲后,就无需破译记事本上的鬼画符了。这一过程中,我可以顺便纠正拼写、标点及语法错误。同时,我会整理思路,让提纲变得更流畅。

●**提炼相关要点**。有了精简版提纲,我一眼就可以看清小说的重要情节点。如果我想了解小说的轨迹,我只需花上数秒,迅速向下滚动页面即可。如果我放任潦草的记事本不管,情况就恰好相反,即使是一个简单的场景,我也要读大段的文字。

●**节省时间**。把记事本上的内容转到电脑上一般要占去我数周的时间,但从长远来看我是在节省时间。如果我只有扩展版提纲,我恐怕要在翻两三个记事本、忍受许多毫无意义的文字后,才能找到我想要的内容。相反,有了精简版提纲后,我只需使用电脑的查找功能就可以迅速锁定相关信息。

我过去习惯于用Word整理精简版提纲,完工后,还会打印一份以备随时参考。不过，自从发现了强大的 yWriter 后，我就不用 Word 了。yWriter 具有优越的编辑整理功能，我现在写精简版提纲，都是在 yWriter 上完成的。（第二章中有 yWriter 的详细介绍和下载方式。）

我写扩展版提纲时，每完成一块，就会用蓝色荧光笔画出值得保留的部分。因此，整理精简版提纲时，我不需要一字一句地读扩展版提纲，我只需阅读蓝色部分，将它们按场景或章节输入到电脑中即可。

精简版提纲，可以精简到什么程度？我在下面摘录了《守望黎明》的精简版提纲，供你参考。

1. 吉辛与安兰在意大利相遇后，安兰跟随他参与了十字军东征。
2. 罗德里克委托安兰除掉马提亚、吉辛、威廉，并绑架梅雷亚德，而安兰只接受马提亚这一任务。
3. 安兰是否接受了这项委托？罗德里克不知道如何解读安兰的回复。
4. 阿尔刻一战，安兰深陷重围。他身负重伤后，为敌军所俘。
5. 在梅雷亚德的照顾下，他日渐恢复。而梅雷亚德正是他恩师威廉勋爵的妻子，此时，他已奄奄一息。
6. 理查德屠杀了撒拉逊俘虏。

7. 威廉要求安兰迎娶梅雷亚德并保护她。

8. 在吉辛的帮助下,安兰和梅雷亚德成功逃脱。

9. 为了除掉安兰和梅雷亚德,罗德里克决定派出休斯和瓦林二人。

如果你觉得上面的内容过于简略,你也可以在精简版提纲中加入相对详细的场景描写。相较而言,我《梦境者》的精简版提纲就详细许多。我在下面摘录了一部分。

51. 阿莱若总觉得哪里不对劲,她决定拜访盖若威以解开谜团。克里斯在格林阿丹发表了募兵宣言,不少人应征入伍,其中有奥瑞和马卡姆。(我不需要写得太细,募兵宣言往往是无聊的。这一章,我可以从阿莱若的视角写,她只需或多或少地评论几句,让读者知道他成功应征即可。)

　　阿莱若准备和克里斯一行一同出城。路上,走在她身旁的恰好是克里斯的姐妹,她们谈到了克里斯。在对话时,阿莱若越发感到困惑。自从昨夜阳台一别,她就不知道自己在想什么了。她对克里斯的敌意早已烟消云散,她好像越来越欣赏克里斯了。毫无疑问,她是越来越佩服克里斯了,他确实是一个勇敢可敬的人。只要有克里斯在身旁,她就觉得更加安全有力。克里斯让她敢于相信。有生以来，她第一次遇到了一个可以分担自己重担的人。在他身旁，她无需做探寻者——她只需做一个简单的女人。她很少遇到比自己更强大、聪颖、勇敢的人，因此她早已习惯了承担，但自从遇到克里斯，她发现自己无需照顾他而只需依靠他。长久以来，她第一次有了信心，而克里斯就是信心的源头。

阿莱若和女士们聊完天后，克里斯看到了她，他们的目光碰到了一起，他微微一笑。他们闲谈了几句，就各自上路了。

52. 部队的侧翼陷入了交战，克里斯一时难以脱身。譬迟在这一幕至关重要，他摆脱马克塔达后成功渡河。克里斯从他口中得知奥利亚处境危急。譬迟并不赞成奥利亚之前的决议，但他们感情深厚，他不忍心见死不救。马克塔达有一个配有火炮的城垛，譬迟知道它的方位。克里斯得知这一消息后和譬迟一行立即出发，准备摧毁城垛。

53. 阿莱若策马飞驰，来到了盖若威的住所。之前的场景剑拔弩张，既有冲突，又有火炮城垛，因此这一场景的对话也要显得凝重、富有张力。消极的情绪笼罩着格林阿丹，阿莱若对此非常担忧，她见到盖若威后当即请求他在格林阿丹现身以平息民众的焦虑情绪。之后，他们的话题转移到了克里斯身上，阿莱若再次向盖若威发问：为何之前没有向她提过另一位天赋者的存在？奎宁趁机问了几个尖锐的问题，他想从盖若威口中得到更多关于克里斯的消息。

## 进一步整理场景

写精简版提纲时，你是对小说原材料进行初次加工，你可以趁此机会，砍掉不合适的部分、完善留下的部分。留心观察，看哪些场景可以删去，哪些拖沓的场景可以合并。比方说，人物在去听证会的路上，能否接到关于她妈妈的死讯的电话？删减合并的工作，你可以留到初稿之后完成，但在提纲阶段就调整会简单得多。

思考每个场景的必要性和有效性，记下可以删去的场景、可以合并的场景以及可以改善的场景。人物与小说背景亦是如此。你能否合并两个甚至更多的次要人物以减少小说的人物数量呢？人物数量越少，小说就越集中，结尾也会好收一些。不过，在精简小说的同时，你也要勇于放手，让小说自然展开。

## 将小说拆分为章节和场景

你可以像我一样，写完初稿后再分章节，但写精简版提纲时，你已经可以思考如何拆分章节和场景了。一般而言，小说的切分会在其戏剧性时刻自然完成。你要做的是处处留心、寻找契机，在提纲中加入震撼的场景结尾。

## 让读者读下去

章节结尾的重要性，再怎么强调也不为过。你的故事可以非常宏大，你的人物可以极具魅力，但如果你处理不好章节和场景的结尾，读者很难有兴趣读下去，你在其他方面的努力也会跟着付之东流。并不是说每一个场景、每一个章节结尾都要有悬念，但它们确实需要提出有力的问题以吸引读者继续翻阅来寻找问题的答案。

这项任务很有挑战性。要知道，在每个场景中设置令人震惊的问题或答案并不现实。你应如何挖掘小说的张力与冲突，才能让读者好奇地问出"接下来呢？"我在下面列了十一条建议，它们可以帮助你摆脱平庸的结尾。

**1. 预示冲突**

**例子**：有人找主人公决斗。

**隐含问题**：活下来的会是他吗？

**2. 秘密**

**例子**：主人公的同伴藏了一封信。

**隐含问题**：信里究竟写着什么？

**3. 重要决定或誓言**

**例子**：主人公发誓要为亡妻报仇。

**隐含问题**：他会怎么做？他能否复仇成功？

**4. 宣布令人震惊的事件**

**例子**：主人公的父亲不幸离世。

**隐含问题**：他因何离世？主人公要如何面对此事？

**5. 激烈的情绪**

**例子**：主人公的同事毫无才干，却得到了晋升，他对此愤懑不已。

**隐含问题**：他会如何表达自己的不满？他是否会一蹶不振？

**6. 足以颠覆小说的突转**

**例子**：女主人公以为自己的妈妈早已离世，但她根本没死。

**隐含问题**：她妈妈这么多年都去哪了？女主人公会

如何面对这一变化？

**7. 新想法**

**例子**：主人公有了对付坏家伙的新方案。

**隐含问题**：新方案能否奏效？

**8. 未回答的问题**

**例子**："你自称是他，但你根本不是，对不对？"

**隐含问题**：他到底是不是他？如果不是的话，他又是谁？而且他为何要伪装成另一个人？

**9. 神秘的对白**

**例子**："你午夜前往诺斯赛桥，就会得到答案。记住，要一个人。"

**隐含问题**：答案会是什么？为什么是诺斯赛桥？为什么要在午夜？为什么要单独前往？

**10. 预言**

**例子**：战场上空发生了日食。

**隐含问题**：天象是否预示着悲剧。

**11. 转折点**

**例子**：女主人公被送往孤儿院。

**隐含问题**：她面临着怎样的新生活？她能否适应？

以多种方式结尾，方能让读者捉摸不透。事实上，你完全有可能在一本小说中用到以上所有可能，这也是我所推荐的。倘若每个场景都以悬念作结，这也是一种无聊。因此，你无需绷紧每个场景的弦，你只需确保每次结尾读者都能得到一个问题即可。受好奇心的驱使，读者将继续翻阅，这样，他们一旦坐下就会不知不觉地读完整本书。

**控制节奏**

在动作场景中，多用短句可以赋予文字张力与节奏感。如果你想快速推进场景，那就力求简明；相反，如果你想让场景悠闲一些，那就把笔调放缓。对场景和章节的长度而言，这一点同样奏效。

鲁思·唐尼（Ruth Downie）的盖乌斯·佩特莱乌斯·鲁索（Gaius Petreius Ruso）系列风趣幽默、充满活力。她小说的一大特色就是章节短，其中不乏一页多的章节。短小的章节赋予了小说极强的节奏感，从而与幽默的语调、不走运的主人公配合得恰到好处。唐尼的小说常常有五十多章，与之形成鲜明对比的是帕特里克·奥布莱恩备受推崇的奥布雷与马杜林（Aubry/Maturin）系列。两人的小说长度相当，但奥布莱恩的小说常常不足十章，一个章节就长逾五十页，这与小说厚重的历史感相吻合；另一方面，较长的篇幅也为拿破仑战争时期的海上冒险增添了分量。

唐尼和奥布莱恩选取了不同的节奏：前者的章节短、节奏快，语调更具现代性；后者的章节长、节奏缓，语调更具历史感与超脱感。依据小说的需求，你也可以通过节奏控制小说的语调和风格。当然，要想从提纲中看出章节或场景的长度还为时尚早，但现在确实是你着手规划小说节奏的好机会。这样，写初稿时，你就可以按计划展开场景了。

**砍去多余的脂肪**

提纲只有几百字，初稿则动辄几十万字，因此，减去多余脂肪的工作最好放在提纲阶段。你很可能会有同感，脂肪多是那些聚集在场景过渡处或人物转移位置的部分。《伊岚翠》(*Elantris*)是布兰登·山德森的成名作，在这部奇幻作品中，山德森有效地运用了隐形脱脂工具：场景切换。

山德森的作品一点也不薄，长逾七百页。如果他没有给作品瘦身的话，这部作品完全有可能超过一千四百页。场景切换的技巧，一般用在视角切换处或背景转移处。除此之外，山德森还用这一技巧删去了许多看似无伤大雅的桥段。以书中反派人物爬云梯为例，山德森果断砍去了多余脂肪,从而加快了小说节奏。他本可以写一个短句简单勾勒爬云梯的场景,但他选择了场景切换。正是得益于此,他才能以极快的节奏向读者展示时间的流逝,让作品变得紧凑。

写精简版提纲时,你可以根据自己的喜好,选择Word或yWriter之类的文字处理软件。同时,留意场景的构成和变换,哪些地方可以另起一个章节或场景,都一一标注清楚。这样,你就可以创造出想要的悬念与节奏。

**第十章节清单**

√提炼扩展版提纲的相关信息,输入到文字处理软件中。

√衡量每个场景的价值,完善薄弱环节,剔除可有可无的部分。

√依据小说节奏,将它切分为多个场景和章节。

# 作家访谈：卡洛琳卡·卡芙曼（Carolyn Kaufman）

**简介**：卡芙曼著有《作家心理学指南》（*The Writer's Guide to Psychology*）。作为临床心理学博士，她在美国中西部院校授课，同时她还在运营网站"写作原型：为小说家开设的心理学"。详情请登录 archetypewriting.com。

### 你是如何写提纲的？

我会将小说的主要情节点写在索引卡（我喜欢用没有线条的那种）上，卡片于我而言就是台阶。卡片有一个优势，就算我只有零星的想法，我也可以先记在卡上，之后再随时补充。如果我有一个成熟的想法，而它又介于两张卡片之间，我大可以插入一张新卡片。有必要的话，我也可以去掉一些卡片，或将卡片重新排序。

### 你认为写提纲的最大好处是什么？

我在前面提过，卡片是我的台阶。我写小说时，有了卡片提供的台阶，就知道在何处落脚了。自从有了这一习惯，我坐下打开文件夹后很少出现无字可写的情况。

（我讨厌坐下后盯着荧幕左思右想却不知该写什么，这只会令我困惑和迷茫，毫无效率可言。）

我有一个怪癖，我必须按时间顺序进行创作。我知道很多人创作时会打乱场景顺序，但对我而言这行不通。有了卡片后，我可以在卡片上简单勾勒后面的场景，这样，我在写小说某个章节的同时可以把握之后的内容。

**你认为写提纲的最大隐患是什么？**

不少人认为，当你用提纲规划好小说后，你就很难选择另一条路了；就算你发现了另一种可能，你也很难改变方向。我小说中有不少得意之处就都源自人物意料之外的举动。我小说中有一个关键人物，按先前的规划她是不会死的，但她就是走了。我用尽一切办法，依旧无法挽回她。最后呢？小说的后半部分反而因此变得更加精彩，她的离世在余下的人物中引起轩然大波。另外，她的离世还为续作提供了灵感。

**你有推荐过不写提纲吗？**

回顾我的创作经历，更多的时候我是在即兴创作，但我也日益认识到情节、主题、节奏等小说要素的重要性，要想在即兴创作时兼顾它们太难了。同时，我的出书经历告诉我,如果我同时在写两本书,一本有明确的规划(常常是非虚构类的)而另一本没有,我是很难全神贯注写后者的。因此,我决定继续用卡片。卡片非常灵活,不会束缚我;卡片之间有足够的创作空间,我可以填补空白,让场景自然展开。

**你认为写好提纲的关键是什么?**

写提纲时,灵活一点,学会享受这一过程。传统的提纲井然有序、讨人喜欢,但我是一个靠直觉行事的人。如果让我写传统的提纲,我多半会走进自己设置的牢笼。我会沉溺于提纲这件事,就如同在学生时代我会为分数而写提纲。其问题在于,我未能将提纲看作工具。因此,我不会正儿八经地写提纲,我会告诉自己,这是一个充满创造性的过程,有时甚至是混乱的。我可以在卡片上涂鸦、写随想,或是用彩笔画两道,总之我能抓住自己的想法就成。卡片于我而言就是台阶,看到上面的内容我能想起之前的想法,这就足够了。

提纲占据了一本书百分之九十五的工作量。提纲完成后,你只需坐下来写即可,并不费力。[1]

——杰佛瑞·迪佛(Jeffery Deaver)

---

[1] 杰佛瑞·迪佛(Jeffery Deaver),http://www.brainyquote.com/quotes/quotes/j/jefferydea233808.html。

# 第十一章　结语：用好你的提纲

你顺利完成了提纲，恭喜！经过数月的努力，你已做好准备，整装待发。小说旅程中，既有宽敞的高速公路，又有幽静的林间小道，你都将一一领略。你已标明了目的地，画好了路线图，打包好了行李，接下来的唯一工作，就是坐到椅子上，系好安全带，高速运转电脑。这是一场冒险，你已经预料到了其中的多数情况，但即使如此，你依旧会遇到不少意料之外的情形。行驶过程中，汽车可能会抛锚一两次乃至更多，你只好将它停到路边。另外，你可能会绕一两次远路或赶上施工。某天下午，如果你看到了一条迷人的小道，你还可能暂时收起地图，驶向未知。

写完提纲后，你务必要用好它。每天创作前，你都应看一眼提纲。一方面，你要了解后面要写的事件；另一方面，你要确保事件的连贯性。有了提纲，坐在电脑前，即使面对空荡荡的荧幕、闪烁的光标，你也不用担心无物可写，这正是提纲的妙处。你只需打开提纲文件夹，查阅地图上的下一站即可；启动汽车后，你可以安心开启新一天的小说之旅了。

我们多数人写作，追求的不外乎自由二字。在路途的转角，我们相信，一切皆有可能。有的作家担心有了提纲自由就会打折扣，因为他们有了固定的路线。事实恰好相反。当你面对着闪烁的光标、空白的页面，对未来一无所知时，这绝非自由，它的反面才是。有了提纲，你依旧可以探索一切可能，唯一的区别是，一天结束之际，当你发现自己开进了死胡同，你依旧可以原路返回，沿先前画好的路线驶向目的地。有了地图上标好的路线，你就可以自在地戴着太阳镜，听着音响，享受微风吹动自己的秀发了。

如何将提纲的作用发挥到极致呢？记住一点，你想让提纲有多么灵活，它就可以有多么灵活。如果你写到第五章时，发现女主人公和继母发生口角，无法有效深化她的形象时，你可以立即调整提纲。记住，提纲是指南，不是铁律。

优秀的作家将提纲看作重要的工具，他们知道，要创作出好的小说，灵感与结构同样重要。有了灵感与结构的最强搭档后，我们的创造力将从灵魂深处涌出，浇灌到提纲所铸造的模具里。当然，我们也可以直接在初稿上喷洒精彩、凌乱、不受控制的灵感，之后再将它修改为合理的结构。但是，如果我们以提纲破译、组织和引导小说，势必可以节省大量的时间和精力。

这个世界上有太多的小说可写。为了更好地创作，我们有必要掌握提纲这项写作利器。

愉快地完成你的提纲吧！

## 第十一章节清单

√ 储备好咖啡和巧克力。
√ 打开音乐。
√ 打开电脑的初稿文件夹。
√ 将猫咪从键盘上赶走。
√ 重温提纲。
√ 打开文字编辑软件。
√ 创作愉快！

**作家的话**：对作家而言，评论是最好的礼物。如果你喜欢本书，能否登录亚马逊评论一下？谢谢。

**想要更多的建议？** 你可以登录 helpingwritersbecomeauthors.com/outlining-your-novel-signup，输入你的邮箱。之后，我每个月都会向你发送邮件，主题涉及写作技巧、答疑、创作力的培养、富有启示的名句、书本、研讨会的最新资讯等。

**参与讨论：如何写好小说提纲**

# 关键词

| | |
|---|---|
| C. S. 路易斯 | 蝙蝠侠 |
| J. G. 巴拉德 | 便签 |
| J. M. 巴利 | 布兰登·山德森 |
| P. J. 霍根 | 查尔斯·吉格纳 |
| Scrivener | 场景 |
| yWriter | 场景切换 |
| 阿吉·维拉努瓦 | 冲突 |
| 阿瑟·柯南·道尔 | 初稿 |
| 艾米莉·勃朗特 | 创造力 |
| 艾森豪威尔 | 次要人物 |
| 奥布雷与马杜林 | 错误认知 |
| 奥德丽·尼芬格 | 达芙妮·杜穆里埃 |
| 奥森·斯科特·卡德 | 达希尔·哈米特 |
| 奥逊·威尔斯 | 大仲马 |
| 白日梦 | 黛安·赛特菲尔德 |
| 宝琳·基尔南 | 丹·查恩 |
| 贝琪·莱文 | 丹·海斯 |
| 背景 | 狄更斯 |

| | |
|---|---|
| 地图 | 简·波特 |
| 第二稿 | 节奏 |
| 动机 | 杰佛瑞·迪佛 |
| 动作 | 杰夫·梵德米尔 |
| 读者 | 杰李·汤普逊 |
| 多米诺骨牌 | 结构 |
| 二稿 | 结尾 |
| 反派人物 | 惊险刺激 |
| 方法 | 精简版提纲 |
| 弗雷德·金尼曼 | 九型人格 |
| 福尔摩斯 | 沮丧 |
| 盖乌斯·佩特莱乌斯·鲁素 | 卡尔·福曼 |
| 概要 | 卡洛琳卡·卡芙曼 |
| 高潮 | 开头 |
| 格式 | 凯西·黛尔斯 |
| 工具 | 柯奈莉亚·冯克 |
| 构思 | 克里斯托弗·诺兰 |
| 规则 | 库尔特·冯内古特 |
| 海明威 | 扩展版提纲 |
| 好处 | 拉里·布鲁克斯 |
| 亨利·金 | 劳拉·李普曼 |
| 基本元素 | 雷德利·斯科特 |
| 激发事件 | 雷蒙德·本森 |
| 即兴创作 | 丽萨·格蕾丝 |
| 技巧 | 灵感 |
| 简·奥斯丁 | 灵活性 |

| | |
|---|---|
| 鲁思·唐尼 | 平衡 |
| 露西·蒙哥玛丽 | 奇幻小说 |
| 露易莎·梅·奥尔科特 | 起点 |
| 罗伯特·奥伦·巴特勒 | 前提 |
| 罗兰·艾默里奇 | 前提句 |
| 罗马数字 | 潜文本 |
| 萝丝·莫里斯 | 乔治·艾略特 |
| 玛格丽特·阿特伍德 | 切分章节 |
| 玛格丽特·米切尔 | 情节 |
| 玛丽·约翰斯顿 | 情节点 |
| 迈尔斯-布里格斯性格测验 | 情节漏洞 |
| 迈克尔·柯蒂斯 | 人格测验 |
| 麦可·康纳利 | 人物 |
| 毛姆 | 人物采访 |
| 梅尔·吉布森 | 人物的大事件 |
| 梦想风暴 | 人物轨迹 |
| 迷你反派人物 | 人物速写 |
| 迷雾之子 | 日历 |
| 米莱娜·麦克洛 | "如果"问句 |
| 目标 | 萨拉·多梅特 |
| 幕后故事 | 赛珍珠 |
| 内在冲突 | 时态 |
| 逆向提纲 | 史蒂夫·迈纳 |
| 帕翠亚·瑞德 | 世界建构 |
| 帕特里克·奥布莱恩 | 视角 |
| 派翠西亚·海史密斯 | 手写 |

| | |
|---|---|
| 首尾呼应 | 幽默感 |
| 思维导图 | 尤多拉·韦尔蒂 |
| 斯蒂芬·金 | 愿望 |
| 斯科特·艾德尔斯坦 | 约翰·特鲁比 |
| 誊写 | 约翰·格罗根 |
| 头脑风暴 | 约翰·罗宾孙 |
| 图像式提纲 | 约瑟夫·康拉德 |
| 陀思妥耶夫斯基 | 约书亚·亚当斯 |
| 完美评述 | 詹姆斯·费尼莫尔·库柏 |
| 威廉·萨洛扬 | 詹姆斯·斯考特·贝尔 |
| 文思枯竭 | 章节 |
| 西蒙·海恩斯 | 珍妮丝·哈代 |
| 西蒙·伍德 | 直觉 |
| 线索 | 指南 |
| 象征 | 中间 |
| 小说示意图 | 朱迪·赫德伦德 |
| 小说要素 | 主人公 |
| 写提纲前须明确的问题 | 主题 |
| 修改 | 自由采访 |
| 叙述声音 | 自由写作 |
| 伊丽莎白·盖斯凯尔 | 总体概述 |
| 伊丽莎白·斯潘·克雷格 | 组织 |
| 伊丽莎白·乔治 | 左脑/右脑 |
| 艺术 | 《爱国者》 |
| 荧光笔 | 《安德的影子》 |
| 优势 | 《傲慢与偏见》 |

《暴风雨中的天使》
《彼得潘》
《搭建你的小说：创作优秀小说的关键》
《第十三个故事》
《第五号屠宰场》
《敦刻尔克之后》
《法外之徒》
《风之少女艾米莉》
《搞定你的小说》
《给优秀青年作家的一封信》
《哈特的希望》
《海滨之屋》
《呼啸山庄》
《回家》
《火鸟》
《火之冠》
《吉姆爷》
《加勒比海盗：黑珍珠号的诅咒》
《角斗士》
《猎鹰之弧》
《龙种》
《马耳他之鹰》
《马利和我》
《梦境者》

《米德尔马契》
《魔咒》
《墨水心》
《牧师的新娘》
《纳瓦隆大炮》
《南方与北方》
《女性的善意》
《匹克威克外传》
《飘》
《晴空血战史》
《三个火枪手》
《少年》
《狮子、女巫和衣橱》
《时.分.秒.惊喜》
《时间旅行者的妻子》
《世界战争》
《守望黎明》
《苏格兰首领》
《塑造令人难忘的人物：手把手教你写活人物》
《太阳帝国》
《替罪羊》
《天荒情未了》
《小妇人》
《伊岚翠》
《医生夫人》

《阴影中的天使》　　　　《自由亦不过是个词》
《银色圣诞》　　　　　　《最后的莫西干人》
《远大前程》　　　　　　《最后帝国》
《长名册》　　　　　　　《罪与罚》
《正午》　　　　　　　　《作家心理学指南》

## 出版后记

就小说创作过程而言，一份好提纲足以成就一个好故事。

作家陈忠实先生说过，文学是一碗强人吃的饭。文艺创作从来不是一件容易的差事，你需要有一个足够宽广的精神世界，同时能够用文字把这个世界再现出来。短篇小说也好、长篇小说也罢，虚构也好、非虚构也罢，在下笔之前，倘若胸有成竹，就不会下笔千言离题万里。写提纲是这项伟大工程里毫不起眼却十分关键的一步。换一个角度，不妨说写提纲其实是一种低成本、低风险、高收益的试错：把提纲写好了，小说的胚子就不会太坏；提纲不小心写砸了，那也是极宝贵的一段私人探索经历呀。

初步解决了为什么要写提纲的问题后，你的疑问可能更多了：该怎样定义提纲？写提纲有章法吗？写完提纲之后呢？别着急，提出问题就是解决了问题的一半。

凯蒂·维兰德在书里都直接或间接、慷慨无私而又条理清晰地回答了这些问题。她自己写过不少小说，同时也写了不少如何写小说的指南——基于大量实践的理论，应该经得起再实践的考验。

在书中，凯蒂没有一味提出空泛的口号，而是时时以自己创作过的作品或国内外的畅销小说为例，为你提供一个足够标准的示范。把凯蒂分享的方法牢记于心吧。选择最能打动人的视觉，注意节奏的松紧，将激发事件放置到最合适的位置，通过象征手法强化主题，在制造大冲突之前别忘了先铺垫一些小冲突，试着和人物对话，不要担心反复修改……每一条建议都是你前进路上的铺路石而非绊脚石，都愿意成为你在灵感匮乏而抓耳挠腮时的一根救命稻草。

非常有意思的是，凯蒂还采访了10位同样热爱写提纲的作家朋友，她专门用于分享写作心得的个人人气博客也一直有在更新（http://helpingwritersbecomeauthors.com），总有来自世界不同地方的文学创作爱好者对之保持关注。可见写作可以不是一件孤独的事，一群志趣相投的人总能够一起动手把它变为一个四通八达的家园。

正如凯蒂在书的结尾所言，世界有太多小说可以写，关键是在两杯咖啡下肚之后就动手。你笔下的每一个世界，都可以成为一个自足的、诗意的世界，请不要让我们错过它。

服务热线：133-6631-2326　188-1142-1266

服务信箱：reader@hinabook.com

后浪出版公司

2018年1月

图书在版编目（CIP）数据

小说的骨架：好提纲成就好故事 / （美）凯蒂·维兰德著；邢玮译 . -- 南昌：江西人民出版社，2018.3（2024.10 重印）
ISBN 978-7-210-09952-9

Ⅰ . ①小… Ⅱ . ①凯… ②邢… Ⅲ . ①小说创作
Ⅳ . ① I054

中国版本图书馆 CIP 数据核字 (2017) 第 288601 号

OUTLINING YOUR NOVEL:MAP YOUR WAY TO SUCCESS BY K.M.WEILAND
Copyright:© 2011 BY K.M.WEILAND
This edition arranged with K.M.WEILAND
through BIG APPLE AGENCY,INC.,LABUAN,MALAYSIA.
Simplified Chinese edition copyright:
2018 Ginkgo(Beijing)Book Co.,Ltd.
All rights reserved.

本书中文简体版由银杏树下（北京）图书有限责任公司出版。
版权登记号：14-2017-0533

## 小说的骨架：好提纲成就好故事
XIAOSHUO DE GUJIA: HAOTIGANG CHENGJIU HAOGUSHI

作者：[美]凯蒂·维兰德（K.M. Weiland） 译者：邢玮
责任编辑：冯雪松 特约编辑：王婷婷 筹划出版：银杏树下
出版统筹：吴兴元 营销推广：ONEBOOK 封面设计：7拾3号工作室
装帧制造：墨白空间 出版发行：江西人民出版社 印刷：天津中印联印务有限公司
889 毫米 × 1194 毫米 1/32 8 印张 字数 126 千字
2018 年 3 月第 1 版 2024 年 10 月第 15 次印刷
ISBN 978-7-210-09952-9
定价：39.80 元
赣版权登字 -01-2017-933

---

后浪出版咨询(北京)有限责任公司 版权所有，侵权必究
投诉信箱：editor@hinabook.com fawu@hinabook.com
未经许可，不得以任何方式复制或者抄袭本书部分或全部内容
本书若有印、装质量问题，请与本公司联系调换，电话 010-64072833

著者：[英] 琳恩 • 巴瑞特-李
译者：张啸驰

书号：978-7-5502-0410-1
页数：152
定价：36.00元
出版时间：2018.1

## 小说创作基本技巧

初出茅庐就想先声夺人，这本书就是为你准备的！
简单轻松的创意写作课堂，掌握基本技巧，打好写作根基！

我不相信写作者有所谓的"无法创作的困境"，是的，话就撂在这儿了。写不出来的原因有很多种，只有认真分析，才不会被困难吓倒！
不要忽视你脑海中"这里好像不太对"的小小暗示。情节、人物、场景、视角……如果意识到某个方面不太奏效，请立刻修改调整！
许多值得读的书从未被出版，从未被重视，现实就是这么残酷。你需要积极面对现实，更需要用写作技巧和出版洞见助力你的创作之路！

内容简介｜在创作小说之前，有哪些一定要熟稔于心的事？如何先发制人，初出茅庐就抓人眼球？如何在面对写作瓶颈时迅速调整，精准修正错误？对有创作欲望的写作者而言，只有一件最重要的事：写。而写的前提在于：写作者必须打好写作根基。
本书由作者琳恩•巴瑞特-李在卡迪夫大学的畅销课程"小说写作工坊"精选而成，十二个小说创作基本技巧配合十个基础写作练习，从基本写作技巧出发，剖开小说创作最核心的谜团，全书涉及主题、设定、视角、人物、情节、主要事件、关键场景、对话、线索等方方面面……轻松幽默的写作案例与课堂交流，切中小说创作中从"酝酿""写作"到"畅销"各阶段的本质规律，让读者从基本技巧中培养深度写作意识，对症下药，让人茅塞顿开。

著者简介｜琳恩•巴瑞特-李出生于伦敦，现定居于威尔士卡迪夫。从20世纪90年代中期开始成为全职作家，所撰作品见诸英国各大女性杂志，后出版了多部畅销小说和纪实文学作品，包括《茱莉亚获得生命》《黑暗中赤脚》《永不言死》《巨犬乔治》《母亲的道路》《无名的女孩》等。从2009年开始，琳恩任职于卡迪夫大学，教授小说写作技巧。更多关于作者的课程资讯请访问网站：www.lynnebarrett-lee.com。

# 畅销作家写作全技巧

日本推理大师的私人写作训练课堂
超全面的作家职业成长规划书

直木赏、吉川英治文学奖、日本推理小说大奖获得者、前日本推理协会会长大泽在昌创作秘诀完整公开，30余年创作历程、千万本畅销保证、近百本小说创作技法精髓，浓缩成10堂写作技巧必修课、42个实用小说写作案例。本书完整阐述了作家写作的构思脉络，写作技巧解析结合习作案例讲评，全面分析了现代出版市场现状和小说创作规律，为热爱阅读和写作、有志于成为职业作家的读者提供了独特的经验和真诚的建议。

著者：[日]大泽在昌
译者：程亮

书号：978-7-210-09245-2
页数：352
定价：52.00元
出版时间：2017.7

**内容简介** | 这是一本独具特色的小说创作技巧指南，由日本推理小说家大泽在昌所开办的一系列"小说课堂"讲座内容汇集精选而成。该讲座针对从日本选拔出的十二位青年写作者，以"大师开办私塾"的形式，旨在传授作者三十余年写作生涯中的创作经验和写作心得。

本书将历时一年的讲座浓缩为十堂写作课程和四次课题讲评，大泽在昌用鲜活的案例，幽默犀利的点评全方位分解了小说创作中故事结构、角色塑造、首尾布局、文字描写、对话技巧、叙述风格等具体问题；结合学生与老师的问答、作者与编辑的交流等环节，真实解密了优秀小说家的构思方式和创作脉络。对于热爱阅读与写作，对小说创作有兴趣和热情的读者来说，本书不仅是一本创意宝库，更是一本实用的"作家养成手册"——作者在书中坦诚地分享了职业作家的生活习惯、创作心境与生存之道——希望每一个有志于成为作家的读者在阅读本书后，都能够找到自己擅长的写作领域，学会充分发挥自己的创作天赋，懂得更好地磨炼写作技艺，真正做到日益精进。

**著者简介** | 大泽在昌，1956年出生于日本爱知县名古屋市，日本著名推理小说作家、畅销书作家。1979年大泽在昌以《感伤的街角》获得首届"小说推理"新人奖，1986年凭借短篇集《深夜马戏团》获得第四届日本冒险小说协会最优秀短篇奖。其代表作为《新宿鲛》系列，曾获得日本推理作家协会奖、吉川英治文学新人奖、直木赏、日本冒险小说赏等奖项。2001年大泽在昌与京极夏彦、宫部美幸共同创立了"大极宫"网站，2006–2009年期间他担任日本推理作家协会会长。2010年，大泽在昌荣获第十四届日本推理文学大奖，该奖是日本推理文坛唯一的功劳奖，专门嘉奖贡献卓越的作家或评论家。

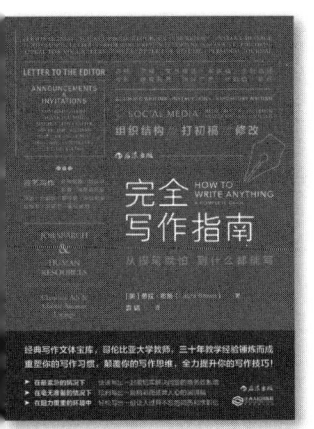

# 完全写作指南：
# 从提笔就怕到什么都能写

哥伦比亚大学教师三十年教学经验锤炼而成，
人手必备的实用写作宝典，二百余个写作模板即学即用

如何在最紧急的情况下，快速写出一封能切实解决问题的商务致歉信？如何在毫无准备的情况下，顺利写出一篇精彩而鼓舞人心的演讲稿？如何在阻力重重的环境中，轻松写出一份让人过目不忘的简历？无论你打算写什么，本书都给出了最简单、直接的建议，明确每种文体的特点、合理规划写作路径、精准掌握读者的心理，本书将颠覆你的写作思维，重塑你的写作习惯！

著者：[美]劳拉·布朗
译者：袁婧

书号：978-7-210-07488-5
页数：496
定价：78.00元
出版时间：2017.3

**内容简介** | 无论科技多么进步，即时通讯变得多么快速便捷，用文字进行交流和表达永远是现代人必须掌握的技能。但不可否认的是，很多人在摊平稿纸、打开电脑准备"写作"的时候，却常常感到思维混乱，不知从何开始。

这本《完全写作指南》告诉我们，只要思路清晰、流程顺畅、有好的方法和习惯，写作并不是困难的事。本书从写作的核心——写作思维入手，分析每一种实用写作的思维要点，以读者的角度反观写作的关键。按照作者所精心规划的写作流程，只要经过"确定写作目标、深度了解读者、展开头脑风暴、组织结构、打初稿、修改"这六个步骤，无论多棘手的写作难题，都能够得到顺利解决。通过阅读本书，读者能真正学会如何进行清晰、简洁、得体的写作。同时，本书更总结了二百多个方便参照、易于使用的写作模板，囊括了工作、学习、个人生活的方方面面，可以随查随用，让你真正做到"从提笔就怕到什么都能写"。

**著者简介** | 劳拉·布朗博士拥有三十年的写作辅导经验，曾在多家写作工坊及专家协会中担任顾问，为不同机构设计写作培训计划。她曾与哥伦比亚大学和通用电器公司合作，在网站上开设了一系列商务写作课程，并与多家跨国公司合作，帮助外国来美高管适应当地的写作环境。布朗博士还曾在哥伦比亚大学及美国爱纳大学开设文学写作课，现居于纽约。